韓晗 著

布拉格之夜

一個作家的蜜月札記

張萱手繪圖

目次

一、是金色的布拉格，還是紅色的布拉格？ 007
二、斯美塔那的伏爾塔瓦河 019
三、廣場上的陽臺 033
四、地鐵罰單 049
五、邂逅卡夫卡 059
六、如此懷舊 071
七、在卡羅維發利遇見德沃夏克 083
八、博物館之美 095
九、生命的不朽 109
十、混搭的教堂 123

十一、一座空城 133
十二、那些同胞 145
十三、感謝美國 159
十四、皮爾森的酒 171
十五、茜茜公主、庫碧索娃和馬泰休斯 185
十六、另一種波西米亞 197
十七、想到哈威爾 209
十八、百年木偶 223
十九、最後一夜 235
二十、這些路和巷子，我們曾經走過 245
跋 257

一、是金色的布拉格，
還是紅色的布拉格？

從捷克回到中國大陸，幾乎所有知道我去向的朋友都問我相同的一個問題：為什麼你的蜜月選擇布拉格？

「布拉格之夜」是我的網名，也是我的筆名。二〇〇七年我加入「中國作家協會」時，在會員註冊表上，「筆名」一處登記的也是這個名字。直至現在，我常會收到厚厚的牛皮信封，上面寫著「韓晗（布拉格之夜）先生收」。

這段話好像不能回答朋友們的問題，這也是我深感糾結的地方，甚至有時候自己都會暗自問自己一句：我為什麼選擇捷克的首都度蜜月？

記得我約莫四五歲的時候，家裡有一本帶照片的檯曆，上面有許多「社會主義國家」的照片，如越南、朝鮮、前蘇聯、古巴、南斯拉夫、捷克等等，比起其他許多國家，十二月的那張照片是恢弘的哥特式建築，晚霞掠過時留下了金燦燦的光澤。我清楚地記得，這張照片下面有三個字：布拉格。旁邊還有四個小字，捷克首都。

這是當時的我在身邊從未見過的風景，與日常都市森林裡粗糙的水泥盒子不同，精緻雕琢的老建築，盛開著五顏六色花朵的窗臺，迎風而起的七彩招牌，彷彿告訴我，這是一個絕對陌生的國度。

對於剛識字的我而言，「布拉格」三個字便深深地印刻在腦海裡。

在中學歷史老師的課堂裡，我讀到了「布拉格之春」這個詞，知曉了當年記憶裡的美好風景，原來曾經歷過這樣的磨難。透過看似簡單的文字敘述，剛剛步入青年時我仍可以感覺得到當時「瓦茨拉夫廣場」上的慘烈，為了抵抗專制、侵略與暴政，青年學生們一批批地在血泊裡倒下，堅持站著的人，最終盼到了民主的到來。

可以這樣說，布拉格所遭遇的一切，在我十八歲之前已經基本瞭解，雖然這一切比歷史要晚了三十年，但三十年前在異國他鄉所發生的史實，卻在一次不經意的閱讀中成為了我的成人禮。原來每一個民族要走向民主與獨立時，必須要經過煉獄一般的掙扎、抗爭與涅槃，在心靈的感動下，我有了「布拉格之夜」這個網名。

後來開始從事散文、小說與戲劇的創作，有朋友建議，需要取個筆名。我其實不太喜歡筆名這玩意兒，畢竟這世界上還是有許多作家是沒有筆名的。在加入作協時，拿過登記表，稍微一想，就將自己的網名給寫了上去。後來據負責登記的朋友說，五個字的筆名，在當代中國作家圈裡，不說是空前絕後，至少也為數不多。

可惜這個筆名，我從來未曾使用過，但它卻是我真正意義上的第一個筆名，也是我的第一個網名。為了紀念這個名字，這本書的書名就叫《布拉格之夜》。

值得一提的是，當年在決定使用這個筆名時，年少氣盛的我決定：此生一定要去一次布拉格。

從北京到布拉格，有兩條路，一條是從北京飛往法蘭克福再轉機，另一條則是取道莫斯科中轉。

在出發之前，我與妻曾一同拜訪了我的文學導師瑪拉沁夫先生，老先生雖已年過八軼，但精神矍鑠，對於一些問題總有深刻的見解。當他知道我們將去捷克時，非常高興地告訴我：「捷克值得去！非常值得去！你去了捷克，其他幾個東歐的國家也就基本知道是怎麼回事了，像奧地利、南斯拉夫都差不多，他們在老建築上還不如捷克漂亮。捷克的那些老建築，實在是太美了，小別墅、老洋房，那種純正的歐洲感覺，一定可以激發你的創作思維。」

正是在瑪老的書房裡，我產生了一個想法，這趟布拉格的蜜月之旅，是否可以寫一篇隨筆呢？或者更大膽一點，是否可以寫一部長篇的隨筆呢？

可惜的是，自《大國小城》之後，我幾乎再也沒有寫過系統性的文化散文。一是因為該書出版的二〇〇六年之後，我轉行進入到了文學史與藝術史的研究，一個人的時間總有限，所以對於散文只限於一些最基本的專欄寫作，也懶於去構思一部十幾萬字的散文集，遑論之前從未嘗試過的「長篇散文」？另一方面，寫作者的思維最容易被一些既定模式束縛，當我沉浸在博士論文的寫作以及史料、理論的鉤沉推演當中時，散文創作的激情，又遲遲難以被點燃。

好在捷克之旅確實對我來說是一趟刻骨銘心的旅程，在捷克的所見所聞，也迫使我需要寫一部這樣的著述出來，目的是讓更多的中國讀者瞭解捷克。當然，在寫作的過程中也遇到了各種各樣的困難——最大的困難就在於，我擔心自己會半途而廢，寫下的是一些無用的碎片文字。

所以，我這個寫作計畫，知情人很少，我也保密的相當好。但對於一些一直真誠地關心我的師友來說，我又希望可以讓他們知道我的寫作想法，至少可以給我提出不同的意見與建議。因此，在這裡我特別感謝幾位關係極好並對我極其關照的師友如樊星教授、王德威教授與來穎燕女士等，你們是少數幾位我這個寫作計畫的知情者。

這裡更要謝謝我的妻子，她用她一輩子唯一的蜜月旅行，成全了我少年時的小小夢想，並為這本書畫了如此可愛的扉頁插圖，所以這本書也是獻給她的。

上午十一點從北京出發，八小時漫長的飛行，低頭可以看得到白俄羅斯和波蘭的層巒疊嶂，抵達莫斯科機場時，已是當地時間下午三點，然後接著再轉機，是布拉格航空公司的小飛機。

據說，這是世界上少數幾個提供紅酒的航班。

在朋友裡，我算是喝過最多紅酒的人之一，無論是大產區的中國、美國、智利、法國、南非，或是小產區的日本、葡萄牙，總體算來約有三四十個國家，唯一遺憾的是，在這趟航班之前，我從未喝過捷克的紅酒。

這對於一個熱愛布拉格的人來說，多麼的不應該。

可是，在中國大陸要想喝到捷克的紅酒，應是一件不可能的事情，我去過包括香港、臺北在內的酒莊，但也幾乎都沒有捷克紅酒的庫存。在大中華區最多的東歐紅酒，便是羅馬尼亞所產。

機艙服務員推著飲品車，走到我的座位旁，我指了一下推車上的紅酒。我還沒來得及說話，妻子怕服務員倒錯了飲料，趕緊告訴服務員，要「Red Wine」。

「červené víno？」服務員說出了一個聽起來很奇怪的片語，聽起來有點像「Shaving vino」。vino在舊式英語裡就是「酒」的意思，果然捷克語有拉丁語的成分在裡面，我仔細一看，車上除了紅酒，別無它酒，因此，這個與vino有關的片語，應該是那瓶倒了一半的紅酒。

於是我點頭，確認無誤。

服務員認真地把酒瓶拿起，酒體在透過機艙視窗的細碎陽光下發出澄亮鮮紅的色澤，緩緩地淌入杯中。

這是認真聽到的第一個捷克語單詞。

抵達布拉格魯濟涅國際機場（Leti tě Praha-Ruzyně）時，是北京時間轉鐘時分，但卻是當地時間下午六點。這是東歐最重要、最繁忙的機場之一，幾乎連接了世界各地的航班。從機場出來，排隊入境。

黃昏時的空氣非常乾燥，我的腳下是一座缺少湖泊的城市，它又處於一個沒有領海的國家。在這個城市裡，最大的水域就是最終流到易北河的伏爾塔瓦河（Vltava），這條河是捷克的母親河。

我最早聽到這條河的名字，是在斯美塔那（Bedoich Smetana）的鋼琴曲《我的祖國》中第二樂章，這是一曲波瀾壯闊的旋律，既不像泰國的《賓河流淌》那樣嫵媚，也不像中國的《黃河大合唱》那樣悲壯，如小溪奔流般的長笛演繹著百川歸海的壯美與細膩，它的旋律是深沉的，深沉到把優雅和輕緩滲透到骨子裡。彷彿一位暮年的紳士，用最舒緩的語調，來講述一段曾經無比燦爛但又有些悲憫的歷史。

而且我所聽到的這首曲目，恰由卡拉揚（Herbert von Karajan）指揮。

在夕陽西下的魯濟涅國際機場，我又重新聽到了這首曲目熟悉的旋律，而我離伏爾塔瓦河，無非只有十公里的距離，曾經熟悉的音樂旋律，忽然變成自己腳下的流水淙淙。恍然間覺得，這應是一件不可思議的事情。

在入城的大巴上，我回頭仰望，Praha五個字母，在機場航站樓的頂上，迎著如血殘陽，熠熠閃亮。

第一次踏上歐洲的土地，竟然是布拉格，這我真的沒有想到。

少年時的夢想，實現的這麼快，在大巴上我張望著兩旁的建築，和我記憶裡、圖片裡看到的不太一樣，有些建築看起來像極了中國大陸八十年代的高樓大廈，有些小庭院精緻可人，房主在小院子裡彎腰耕耘，更有一些塗鴉的牆壁、煙囪和樓房，匆匆一瞥捷克語，大概是水泥廠、化工廠之類。

從機場到預定的酒店，約四十分鐘的車程，酒店在半山路上，巴士要穿越布拉格半個城區。在車窗外，我看到天色漸漸地暗了下來，在漸上的夜色中，我一直在找尋窗外是否有橋，可惜，通往酒店的路，好像不經過傳說中的查理大橋。

第一次感受到布拉格的夜，竟在山腰，這種感覺有點奇特。夜晚的布拉格，是這樣安靜，整個小山丘上的幾家酒店，幾乎都不約而同地暗下了燈，我看了一下錶，大約是晚上十點左右的光景。可是，這座城市竟然是這樣的神閒氣定，以至於有點讓我不知所措，昏黃的路燈灑下溫暖的光芒，似乎在告訴我，已經很晚了。

我曾經在臺北的晚上獨自一人散步過，從重慶路口走到士林國中。據說，這是整個臺北最民生的路段——除非你去屏東、嘉義一帶。燒烤和蚵仔煎的氤氳，夾著奶茶涼茶的叫賣聲，配合著花花綠綠的小商品，以及不斷挑逗你味覺的各種烹飪香味。當每一個感官都被刺激時，你會用最深切的感觸，來把握臺灣的脈動。我也曾在香港用步行的方式，從中環慢慢走到油麻地，當我穿越旺角的小街區時，懷舊的粵語歌、狹小的二樓書店與轉角的奶茶店，以及昏黃的燈光，混合成一種特立獨行的嘈雜，用最世俗的語言，告訴了我什麼是香港。

但在布拉格的夜晚，卻是這樣的寧靜。以至於你會認為，除了睡覺或寫作，幾乎沒有其他的選擇。

當我第一次踩到布拉格老街區的地面上時，忽然覺得似曾相識，彷彿這是自己夢中不斷出現、湮滅，又再度出現的場景，換言之，這種親切感只有我自己才能知道。街區依然很安靜，偶然有幾輛車停在路邊，周圍的路人用小小訝異的眼光打量著我們東方的臉孔。這裡雖然是旅遊勝地，但東方人還是很少，數百年來總以德國、俄羅斯人居多。我們拿著相機一路拍，周圍的當地路人更是用詫異的眼神看著我們。

布拉格老城區的街區房屋基本很老舊，準確地說是歷史建築。論平均年代，大約是我們中國的明末清初。多年前，我曾經在江西的婺源看到過清代早期的建築群，但都被當地居民重新修繕過，結果卻有沒有做到修舊如舊，這與我在書本上所瞭解的建築保護大相徑庭。記得當時我還寫文章批判過國民性問題，認為這是李敖所說的「修補心態」。

但布拉格的老建築卻比中國的老建築更加堅挺，之所以能歷經四五百年，乃是因為它們所用的材料與中國不同，布拉格甚至整個東南歐的建築，多為石材，氣候也與中國絕大部分大不一樣，這裡乾燥少雨。在這樣的材料加上這樣的條件，建築保存自然也會完好的多。

布拉格老城區道路異常狹小，有點類似於澳門。但是它不靠海，所以沒有一塊相對開闊的地方可以作為成規模的停車場使用。我們只好在道路中穿行，由於受到石材所限，當地建築以黃、褐色居多，因此無論是白天還是傍晚，遠遠望去，倒真不負「金色布拉格」之名。

以前我讀過一篇文章，布拉格人均私家車擁有量在歐洲應排在前列，大名鼎鼎的斯柯達（Skoda）便是捷克的自有品牌，老城區裡的停車位又不多，更不可能挖掘地下停車場。但在布拉格老城區的街頭巷尾，倒真少見隨意靠邊停車的現象。雖說清一色的石板路，一腳油門開上去毫不費力。但我卻看到，在一排排的老建築前面沒有一輛停著的車。

「我們這裡只有一些最小的停車場。」當地的朋友告訴我，「在一些不太大的建築後面，所有的車都停在那裡，一般在老城區，都使用公共交通。」

話正說著，一輛紅色的有軌電車朝我開了過來。低頭我發現，我正踩在亮閃閃的銅軌道上，這個軌道究竟用了多少年，我不知道。恍然間我只有一種穿越時空的錯覺。彷彿自己置身於卡夫卡的那個時代。車裡坐滿了乘客，每一個人的臉上，都寫著小布爾喬亞的悠閒自在。

紅色的電車，響著清脆的鈴聲，輕馳而過。

每到一個陌生的城市，我都會仔細地打量這座城市的街道、建築與地面，布拉格也不例外。面對這樣錯落有致的華麗建築，甚至我的眼睛都有點忙不過來的感覺。有人說，布拉格是大人們的童話王國，現在看來，這句話一點也不誇張。

白色、黃色與褐色的牆體，構成了布拉格建築的主體顏色，彷彿是音樂的律動。但我忽然發現，鮮豔的紅色，竟然也是布拉格老城區裡不可或缺的顏色。

紅色的屋頂、紅色的郵筒、紅色的車站牌、紅色的電話亭、紅色的電車，甚至紅色的遮陽傘，我忽然想起來，飛機在降落前，從高空俯瞰布拉格，就是一抹亮麗的紅，而你置身於城市當中時，你會發現，紅只是點綴。

在這種紅色的映襯下，我在布拉格市區內的步行，從查理大橋旁開始，腳下就是曾變成旋律的伏爾塔瓦河，我以前只知曉，這是歐洲最古老的石橋，因是查理四世修建故命名為查理大橋，據說在橋的一段還有查理四世的銅像。從一側上橋時，我四處打量，除了正在烤麵包的捷克婦女之外，我並未發現有什麼銅像。

「橋上的人真多。」妻子說。

放眼望去，橋上駐停、行走著成百上千人，有替人繪像的街頭畫家，有吹拉彈唱的爵士樂隊，有擺成各種姿勢的行為藝人，還有來自於歐洲甚至世界各地的遊客。這與我先前感觸到的布拉格之夜完全不同，橋上幾乎到了人滿為患的地步，我甚至擔心，這座由祖先們在八百年前所建造的石橋，是否會因為承載了這麼多的後人，而不幸坍塌掉。

但是，無論橋上人再多，也不會遮住三十尊巴羅克雕塑的光芒，這麼多精妙絕倫的中世紀雕塑，忽然全部出現在眼前時，著實有點兒應接不暇——在查理大橋的兩側，分別矗立著十五尊青銅色澤的神像——這還不包括下橋之後的那尊查理四世的銅雕，但早些年時聽講這是仿製品，原品早就送到國家博物館去了。無論是仿品還是原品，都遮攔不住遊客們觀賞的興致，我與妻也不例外。

但我們有一個一致性的選擇：在上橋之前，決定先到橋頭堡的另一側看看。

初抵布拉格機場

布拉格老城區

查理大橋下1

查理大橋下2

二、斯美塔那的伏爾塔瓦河

布拉格真是一個溫暖的城市。

冰冷的水泥電線桿，卻可以噴上五顏六色的塗鴉，吸引住路人的眼球，原本無甚美感的大煙囪，卻可以變身為巨大的咖啡人，這種樂觀與豁達，讓我對這裡的一切景致，都充滿了期待。

或許，布拉格真的並不是一個只有坦克車、遊行隊伍這樣記憶的老城市。

在查理大橋的上橋處，我們決定反向而行，便是被一排紅色的老爺車所吸引，這排老爺車停在路邊，上面寫明，是為婚禮租賃使用。我們正看著，一輛馬車忽然朝我們疾馳而來，車夫頭戴高帽，一對新人身著十九世紀的婚禮服，甜蜜地坐在後排。剛看過電車，又邂逅馬車，布拉格的時空凝固，讓人視覺錯亂。

「你們喜歡嗎？」

金髮碧眼的新娘，忽然開口說了中國話，這讓我們多少有點詫異，看來中國文化博大精深，已經影響到了捷克。還沒等我回過神來，馬車早已走遠，回頭望去，只有車輸和馬蹄摩擦地面的混合聲，這大概就是古人說的「望塵莫及」。

循著新人來過的路，我們摸索到了一間狹小的古董店，裡面堆滿了各種各樣的古董，我癡迷古董二十多年，但這卻是我第一次走進歐洲的古董店。看到這琳琅滿目的古玩，真的讓我有點購買的慾望。

和中國的小古董店一樣，布拉格這家古董店的店面也不大，有老式自鳴鐘、聖經的聖像、燭臺，以及帶有古典風格的陶瓷器皿，畢竟我不是為淘寶而來，所以也懶於問價。

忽然，牆角的一張草圖吸引了我的眼球，這是我從未見過的一種繪畫風格，用筆簡練而又富於神韻，畫上是一個媽媽帶著一個孩子，孩子牽著一隻玩具小狗，粗看非名家手筆。走過去仔細一看，原來這是一疊服裝設計的草圖，後面還有大約七八張的樣子。拿來一瞅，原來是一個系列，大概應該都出自同一位設計師之手，在最後面一張草圖的背面，有一個手寫的年份：一九三八。

原來，每一張草圖，都是一九三八年，有些被水漬浸染過，在邊緣上顯示出了不同層次的暗色，我選了一張污漬不太多的，也就是媽媽牽著孩子的那張。

一九三八年，正是波蘭入侵捷克的年份。

我對歐洲史是外行，但是有些關鍵、特定的日子，還是有所瞭解的。一九三八年，中國的土地上已經全面燃起抗擊法西斯的硝煙，歐洲大陸上也不例外。那一年，德軍以摧枯拉朽的閃擊摧毀了波蘭人的防線，但遭到淪陷的波蘭政府不但不奮起抵抗，相反，它還以僕從國的身份，協助德國人攻陷了自己的鄰國捷克斯洛伐克。

曾經見過一九三八年捷克的一張老照片，一個媽媽帶著三個孩子，在街頭的麵包店購買食品，旁邊站著幾個似笑非笑的德國大兵。是的，捷克比波蘭淪陷還要快，它沒有抵抗。

與列寧格勒的慘烈、華沙的血腥相比，布拉格是二戰時損失最小的城市，所以沒有遭到炮火的屠殺，一大批歷史遺跡也得以保存。在捷克人看來，既然戰爭無可避免，那麼就只有把自己的生命保全，讓損失降到最小。

所以，只有在布拉格的某位設計師，才會在一九三八年這樣「最危險的時候」，繪製出如此溫情的畫面。

英國歷史學家湯因比有一句名言，叫「戰爭使得文明更加文明。」這句話若是作為一句題款放在這幅草圖上，倒是別有一番意味。想到這裡，我毅然決定買下，價格不貴，一百克朗，不到五美金。

妻子決定，將這幅畫掛在我們家的餐桌旁，意在時刻提醒我們，無論在什麼樣的環境中，都不要遺失生活中的美好。

從古董店裡走出，我深深地喘了口氣，眼前的伏爾塔瓦河是那樣的靜謐，彷彿一條寬闊的緞帶，將布拉格的過去、現在與未來緊緊地串聯在一起，任何一個人都無法交待出歷史的神奇究竟在哪，看著橋頭熙熙攘攘的遊客，每個人笑容滿面，似乎沒有誰會去刻意思考那些過於厚重的東西。

很巧，古董店的左邊，就是一家小書店。

坦誠地說，這幾年我在外地早已不太買書，原因是隨身攜帶太重，而很多書在境外郵寄，又不方便，時常會造成無緣故的包裹遺失。所以通常是在一家書店裡站很久，最終空手而歸。有時從書店出門時故意不抬頭或是高昂著頭，以免瞥到服務員厭惡的神色。

布拉格街頭這家書店有點特色在於，它是二樓書店。與香港的「二樓書店」不同，布拉格的書店是負二樓，在路邊的櫥窗裡，你只能看到一截下樓的樓梯與掛在牆上的老地圖，精緻簡約的擺放風格，彰顯出店主不凡的審美品位。而且，這樣「下一樓」格局的書店我先前從未見過。於是信步推門，走進去想看個究竟。

「幹什麼？」在樓下，一個禿頂老頭兒用半生不熟的英語大聲呵斥著我們。

我一愣，哪有這樣對顧客的？

「我們想買書。」妻子趕緊回答，「我們是遊客。」

後面這一句彷彿愈發觸怒了這個禿頂老頭，他蹭地站起身，往前挪了幾步，聳了聳肩膀，這時我才發現他穿著一件緊身的老式西裝，戴著黑色的領結，彷彿二十世紀初的老派紳士。他用一字一句的英語警告我們：「我的書店只對會員，遊客沒有資格進入，你們給我出去。」

而且，他在說「出去」時，用了一個非常不禮貌的單詞：Go out。

這個單詞，大概相當於中文「滾出去」的意思。

我們驚魂未定，亦無心與之爭辯，書店是人家自己開的，他有權利讓誰進來，不讓誰進來，這與我們無關，要怪只能怪我們自己誤入此門，但我們走出書店之後，我仔細看了看，在門口並未發現有任何「非會員禁入」的告示，再隔著櫥窗的大玻璃仔細一瞅，書店牆上掛著的地圖，都價值不菲，有的甚至是十九世紀早期的航海圖。

歐洲人愛書店，我早就聽一些歐洲的同行們說過。但歐洲的書店有多麼的小眾，我在捷克才感觸的到。原來不是每一家書店都笑迎八方客，有些書店就是憑藉自己的個性，可以頑強地生活下來。畢竟在歐洲人看來，知識是無價的，書是神聖的。這種源自於骨子裡的自尊與優越感，的確讓我們這些東方人覺得有些莫名其妙。

「說實體書店要倒閉，那是在中國。」我因為剛才未受到應有的禮遇而有些憤憤不平，但確實又無可奈何，「你看歐洲老頭兒的倔強勁兒，真是有理說不清。」

其實，對於真正的愛書人、讀書人來講，哪裡需要講理呢？我也曾不止一次地厚著臉皮找借書的朋友要求還書，也曾在自家的書櫃上貼上「藏書不借」的字條，說到底，讀書人都有一種別人難以理解的認真與執著。

離開書店時，我站在櫥窗前決定和這另類的書店合影一張。但是依然害怕這個禿頂老闆會沖出書店和我理論，當我靠在櫥窗時，猛地低頭，發現那個老闆正在耐心地喂著一隻貓咪。

那隻小小的黑貓，尾巴好長，正在用慵懶的眼神打量著我們。

站在伏爾塔瓦河的正上方，耳畔忽然又響起了卡拉揚指揮的那首《我的祖國》，我敢確認，這是我聽到最溫和的交響樂，一如捷克人的氣質，緩慢、低沉，彷彿每個人都是水象星座的人。中間雖有幾段略顯激昂的樂章，但仍無法掩蓋旋律本身所隱藏著的憂傷。所以卡夫卡曾斷言，捷克人是憂傷的民族。

遠遠望去，我找不到伏爾塔瓦河的源頭。

以前我粗讀歐洲地理時，猶記得伏爾塔瓦河的源頭是在一個名喚克魯姆洛夫（Cesky Krumlov）的小鎮上，此地號稱是目前歐洲最美的中世紀童話小鎮，所有的建築都保存為十五世紀的模樣，當然裡面也有現代旅館、商場，但在古老的建築與狹窄的街道上，沒有什麼大的改動，也沒有刻意的做舊。

而且我還聽說，那裡的伏爾塔瓦河是湍急的，一點都不似布拉格。

查理大橋是伏爾塔瓦河上最壯觀的一座橋，橋上的神像都已經有了斑駁的銅銹。我懶得去考證這些銅銹究竟是後人做上去的，還是歷史的風霜所造成的，無論是仿製品還是原品，只要擺放在查理大橋上，俯瞰著靜靜流淌著的伏爾塔瓦河，都是一種無限的風景。

雲集遊人最多的雕塑，當是聖・約翰・內波穆克（John of Nepomuk）的神像，內波穆克乃是波西米亞國王、知名暴君瓦茨拉夫四世（Václav IV）王后的懺悔牧師，所謂懺悔牧師，大概和現在的私人心理醫生近似，主要負責傾聽王后傾訴。但由於暴君一直懷疑王后與他人通姦，某日便找到內波穆克來問。但內波穆克恪守職業道德，堅決不透露王后在懺悔時所說的話，結果橫遭不幸，被一怒之下的暴君投進布拉格的伏爾塔瓦河。據說當晚河面上便升起七顆星星，其餘的牧師念其忠於職業操守，遂為其塑了金身，遺體被打撈起來，葬在聖維特大教堂（Chram Sv.Vita），時至今日，在捷克的皮爾森（Plzen）還有以其命名的小鎮。

我說這是傳說，當地的朋友卻認為這是史實，還與我抬槓，告訴我此事發生於一三九三年三月二十日。

我粗略地算了一下，這大概是朱元璋在中國大殺功臣的年份，儘管在不同的國度，但冥冥之中會在相同的時間裡造出近似的人和事來，這就是人類在歷史車輪上的輪迴。

查理大橋上的內波穆克是一尊立像，頭頂上有一圈由黃金鍛造、將幾顆星星串起的光環，左手捧著一隻巨大的十字架，右手夾著一根黃金色的棕櫚葉，神態悲憫，似乎寫滿了不合時宜與無可奈何。在暴君執政的時代，敢於反抗暴君，明知會死而敢於赴死，這應該是對於自身信仰的極度虔誠了。

在捷克，隨處可見的是對於暴力、專制的批判與反思，就像這查理大橋上站著的內波穆克——最溫和的民族，往往遭遇到暴政的統治。中世紀的地牢、刑具，紅色恐怖時期的屠殺、鎮壓，變成了捷克大大小小的博物館。

走向理性與文明，是人類精神進化的兩大主題，這在捷克似乎顯示得特別清楚。尤其是近四十年來，從杜布切克（Alexander Dubček）的「布拉格之春」到哈威爾（Václav Havel）的「天鵝絨革命」，彷彿這個國家一直在束縛、桎梏中掙扎，終於努力地到看到了希望，只有這樣的溫和，才會凝練出如此的韌勁。

有趣的是，就在內波穆克銅像的基座上，有兩塊青銅浮雕，一塊浮雕上有一隻狗，另一塊浮雕上有一個人像，兩塊浮雕早已綠鏽斑駁，但上面的狗像與人像均金光燦燦，仔細一看，幾乎每一個駐足的遊客都會用手去撫摸它們。據導覽圖說，撫摸它們會給遊客帶來好運。看來靠撫摸聖像來獲得運氣，並不算中國特色。

與歐洲許多大橋一樣，查理大橋上也有許多街頭藝人，放眼望去，真是典型的歐陸風情。首先是各種各樣裝扮的流浪畫家，支著畫板，披著長髮，愜意地曬著太陽，還有一些先前我從未見過的手工藝品製造者，用碎石、玻璃、羽毛加上顏料，現場製作冰箱貼、耳釘等等，做工不甚精緻但卻色彩鮮豔、五色混搭，一看便是典型的波西米亞風格——但這些都抵不過聖像們對於遊客的吸引力，有幾個做手工藝品的小販，實在是沒有生意，索性用報紙蓋著臉，呼呼大睡起來。

青銅澆鑄的宗教聖像是查理大橋數百年來永恆的主題，許多照片上的布拉格，都是黃昏時節拍攝的，在這些照片上看查理大橋上的聖像，必然是黑色的影子。所以，我一直都不太清楚這些聖像真正的模樣。直至今日，我終於可以站在橋頭，在午後慵懶的陽光下，目睹到這些泛著青銅色澤的聖像真容。

坦率地說，這對於我而言，更是一種震撼。

我出生在一個叫做黃石的小城，這座小城有一個附屬的行政區，叫大冶，是「大興冶煉」的意思。早在夏商時代，便有先民在此冶煉青銅器，爾後鍛造為兵器，行銷全國各地。春秋戰國時期，此地成為重鎮，全國的青銅製樂器、兵器、禮器乃至日常器皿，其中大半為黃石所製。多年以後，文物學家夏鼐來黃石考古，據說在土裡掘出了許多散碎的青銅器皿與冶煉工具，至今還陳列在黃石博物館裡供人瞻仰。

幼時我便看過這些青銅器，天真地認為這種綠色裡泛著墨黑，乃是中國所獨有。這種顏色的金屬，只能用於金戈鐵馬、鐘鼎缶尊。

在查理大橋上，我陡然地看到了如此多的青銅雕像，但卻與我同年所看到的樣子差之千里，十字架、天使光圈、聖經、牧師……這些「異邦文化」的模樣，竟然用中國發明的青銅所鑄，這讓我覺得恍惚。

記得來捷克之前一日，為拿到簽證，我與妻曾在北京駐留，期間曾參觀了國家博物館和大英博物館聯合舉辦的一個特展，是關於十七、十八世紀的英國瓷器。據說當時許多瓷器乃由中國景德鎮的作坊代加工完成，但瓷盤、瓷碗上卻是《聖經》的人物故事，當那些瓷器擺在櫥窗裡時，好似遠看熟悉的身段，卻長著一副陌生的臉孔。

就在寫作這部散文時的某個初冬下午，我在武漢遇到了我的老街坊廖康雄博士（Dr. Keneth Liao）。廖博士目前執教於美國明尼蘇達大學醫學院，當他聽我講述我在布拉格所看到的風景時，這位知名外科醫生忽然變得有些激動起來：

「是的，你如果去了Charles Bridge，那一定能感覺到，你在穿越一段歷史，是的，那是歷史。」

在查理大橋建成的十四世紀，中國早已告別了青銅時代，在工藝品上，取而代之的是更加精美的成化瓷。歐洲的工藝美術，當不如東方博大精深且精緻唯美，但正是這種粗獷之氣，反倒更將西方文化中的雄渾崇高之美，淋漓盡致地表現出來。

查理大橋東側盡頭，是一座高聳精緻的老城橋樓，在老城橋樓下方，我聽到了一陣非常正宗的布魯金斯（Blue Jazz）的演奏聲，轉頭一看，是四個年過半百的老爺子組成的一個樂隊，有人拉小提琴，有人吹薩克斯，細細一聽，還真不遜專業水準。

「布魯金斯四人組」一看有外國人駐足，趕緊走上前，手裡拿著自己製作的CD，操著蹩腳的英語：「先生買一張吧，我們在捷克很有名的。」

在捷克很有名？我不太相信，但是看著那四個老爺子誠懇的神色，以及那聽起來還算不錯的旋律，一問價格也不貴，於是買下。剛剛掏錢時，其中一位彈吉他的老爺子猛地一把把我拉到他們陣營裡，妻子抬起相機，哢嚓一下，四人組裡立刻多了一個五音不全外援。

捷克人就是這麼幽默，但有時也嚴肅的讓你害怕。

高樓之下，是查理四世的雕像，獨自兀然佇立橋頭的查理四世，神色漠然，彷彿目前周遭所發生的一切，皆與他無關。就在他的腳底下，幾個黑人水兵大聲招呼著遊客上船遊覽，我想拿出相機拍照，結果遭到了其中一個水兵的猛然訓斥：

「嘿！不許拍照，我們是軍人！」

我收起相機，朝我大聲怒吼的水兵立刻笑顏逐開，「先生可以上船看看伏爾塔瓦河，只用五百克朗。」

我終究沒有乘坐伏爾塔瓦河的遊船，並非由於甫一開始水兵們的無理。原因很簡單，我更喜歡站在橋上、岸邊傾聽河水流淌的聲音——儘管細微到幾乎無法用耳朵來享受，但我還是可以努力聽到這恰到好處的美聲，彷彿輕輕地觸碰著河水流淌的脈搏。站在查理四世的腳邊，那是與伏爾塔瓦河最近也是最美好的距離。

由於擔心遊客安全之虞，布拉格市政府在下橋處安放了鐵欄杆，所以我與安靜的河水相距大約五米，河的對岸是清一色的紅頂老建築，再遠一點，是一隻巨大的調音器雕塑。

有聽捷克的朋友講，曾經那裡矗立著的是蘇共中央前總書記史達林（Joseph Stalin）的塑像，一九九〇年捷克民主化之後，史達林的雕塑被移至「社會主義紀念館」，取而代之的是捷克人最喜歡的鋼琴調音器。畢竟，捷克民族是一個捧紅過莫札特（Mozart），誕生了好幾位音樂大師的民族。

看到這只巨大的調音器，不知怎麼地，我忽然想起了剛才偶然邂逅的「布魯金斯四人組」，下意識順手一摸，他們的CD還在我的行囊裡。

只為會員服務的書店

會說中國話的布拉格新娘

布魯金斯五人組

内波穆克的塑像

有古董店的小路

三、廣場上的陽臺

在布拉格的街頭巷尾，我看到最多的還是各種各樣的小店鋪。

由於歷史保護建築眾多，布拉格的許多店鋪都是在老建築的一樓營業，五顏六色的木質框架門加上精緻的鑲嵌玻璃，櫥窗上擺滿了各種各樣精巧的盆栽與手工藝品，甚至連懸掛在牆上的招牌都是手繪。這樣的景致，隨手一拍，都是漂亮的明信片。

這與目前世界上「簡單是美」的審美潮流完全不同，布拉格的美，就是繁複、精緻，因為它的地盤太小了，這座城市的面積作為一個國家的首都甚至一個地區的首府來說，確實有些「情何以堪」，比起東京、北京以及臺北來說，布拉格都太小，但正是因為小而精緻的美，才在千百年間錘煉出了波西米亞的曼妙風情。

從一個小巷到另一個小巷，布拉格的風格就在這巷子裡。中國人所說的巷子，其實就是西方建築學領域裡的街道。街道、建築與街區，這些是西方現代建築學的三元素——在這些元素中，只有小巷是最能反觀民生並表達風格的。譬如北京的胡同、上海的弄堂、布拉格的小巷，皆是如此。

那些老舊石板路，踩上去，竟然是那樣的舒坦、親切。

捷克有一個作家，叫米蘭・昆德拉，他有一部小說叫《生命不能承受之輕》，中文譯本最早由作家韓少功翻譯，這部小說在蘇東劇變的前一年被改編成了電影，由當時初出茅廬的法國女演員茱麗葉・比諾什（Juliette Binoche）與英國小生丹尼爾・路易士（Daniel Michael Blake Day-Lewis）主演，大陸將影片翻譯過來叫《布拉格之戀》，英文還是叫《生命不能承受之輕》（The

Unbearable Lightness of Being），講述的是一名捷克醫生與女招待的感情故事，時間是一九六八年。我相信，在劇中，蘇聯坦克車反覆碾壓布拉格老街道的鏡頭，必然使每一個觀眾記憶猶新，而我腳下的那些石板路，便有蘇聯坦克車碾過的痕跡。

對於蘇聯入侵布拉格，幾乎所有的輿論矛頭都指向蘇聯。父親告訴我，他小的時候，就曾被街道居委會帶著去看「蘇軍入侵捷克」的紀錄片，譴責「修正主義」加「沙文主義」大國隨意踐踏小國主權，不過那時正是中國「反美批蘇」的年份，或許帶有特定時代的烙印。時至今日，在布拉格的街頭巷尾，對於在那場入侵事件中犧牲學生的悼念，隨處可見。

蘇聯人最終還是用武力征服了捷克——這是一個非常容易被征服的民族，但恰是這種表面上的妥協，卻蘊藏著令人不可小覷的烈火，一旦燃燒，便可燎原。

穿越精緻的布拉格小巷，可以抵達當年猶太人的街區，二戰時猶太人為避免德軍迫害，便安居到此，但當年蘇聯坦克入侵時，該地亦未能倖免，而且由於臨時搭建的老房舍居多，反倒成為了重災區。穿越這個街區，便是目前布拉格最大的國際奢侈品商業街，叫巴黎大街（Paíská ulice）。

現在已經完全看不到當年坦克入境時的痛苦、掙扎與血腥，取而代之的是繁華、休閒與安逸，布拉格就是這樣，容易被屈服，但骨子裡的韌性卻可以讓他迅速地從痛苦中回過神來，然後變成一種直面生活的勇氣與動力。

在巴黎大街上，我們看到了許多華人，他們並未在這午後的閒適陽光下，點一杯蒸餾咖啡

（Espresso）——這是我在布拉格喝到最多的濃咖啡，也沒有在一些精緻的小書店裡翻閱一下可以借閱的圖書或聽一段室內樂，而是忙碌於Prada、LV等名品專賣店裡，無比忙碌地挑選著自己中意的物品，「偷得浮生半日閑」的簡單生活，對於這些遊客來講，竟然是這樣的可望而不可及。

記得英國隨筆作家毛姆有一句話，旅行的意義就在於放空與輕鬆，若越是承載複雜的意圖，則越不算真正意義上的旅行。

在布拉格，隨處可見的是各種各樣的便利店。

小型超市是布拉格的標誌之一，這座城市沒有超級大賣場，至於像「樂購」這樣的大超市也不多見，緊湊、精緻、合理，且五顏六色，便是布拉格街道的重要特徵。

我在便利店裡買到最多的東西，便是飲用水，儘管歐洲所有的水龍頭都是直飲水，但是我們這些沒有喝習慣的人，無論如何都不情願在廁所裡接水喝——即使想想都會覺得這是一件無法接受的事。所以，飲用水成為了我們每天必買的生活基本用品。

布拉格遍佈溫泉，因此便利店裡的飲用水都是礦泉水，沒有我們所說的純淨水。而且礦泉水價格低廉，基本上都是碳酸水，兩升的水才賣到五克朗，不到二十美分。

在布拉格，我們隨處可以感覺到的是日常生活物價的低廉——儘管捷克的生活水準在歐洲已經算上高昂，而布拉格則是整個捷克物價最高的地區，但布拉格的日常生活品不貴，而且與整個東亞相比，甚至算比較便宜。

按照經濟學的原則，生活用品便宜，則反映了這座城市的福利較好。確實，捷克目前已位列歐洲發達國家之位，大概算是歐洲這幾年進步最大的國家。當地人基本上不上班就可以拿到不少報酬，後來我們到了皮爾森這座「空城」，才對這個事實有了更加深入人心的瞭解。

當夕陽籠罩在布拉格的上空時，一層鍍金色的薄霧便被傾灑在所有的街區深處，這是一個看天文鐘的好時刻。布拉格城區人口密度並不大，但是到了天文鐘附近，人群便是密密麻麻、接踵摩肩，遠望去令人恍然置身東京的澀谷或臺北的西門町。

天文鐘是布拉格的一道奇景，一台運行了六百年的金屬機械，竟然可以完好無損、晝夜不停地精密運轉，這不得不說是一個讓現代人驚歎的奇跡。

而且，所謂「天文鐘」，也並非浪得虛名，而是這座鐘隨著時間的運轉，可以準確地體現地球在宇宙中的位置甚至整個宇宙的狀況。當地的朋友告知，這乃是「地心說」時人類的發明創造，到了「日心說」的年代，依然管用，可見人類的進化，並不是真正意義上的去弊求真。

「人類的發展本身就是一個循環的過程，又是難免走彎路。」在密集的人群中，我竟然不經意地說出了一句還算有點深度的話。

二〇一一年底，我與妻站在武昌曇華林的一座老教堂前，與來自香港的李金銓教授閒聊，忽然之間，我想到了一個話題，那就是某位知名教授對「今不如昔」這個說法的批判，他認為，當代人在醫學、文化與經濟思想上，若是還不如千百年前的古人，那麼這千百年來，我們豈不是「白活了」？

「我們本來就是白活了。」李教授說。

我不知道。

在高聳精密的天文鐘下面，不知怎麼的，我忽然想到了去年冬天裡與李教授在教堂前的對白。看到了這隻天文鐘，我彷彿也覺得我們真的「白活了」，那麼艱深的宇宙奧秘、花了無數個科學家心力、發射了許多顆衛星才推演出來的地球軌道，竟然早在經院時代就被穿著長袍的教士們知曉了。古人做出了這樣一隻神奇的設備，果真是為了嘲笑後人們「白活了」千百年麼？

下午六點的天文鐘，是一天裡的盛況之一，因為這只巨大的哥特式機械鐘，除了會在整點的時間報時並顯示出宇宙天象的狀況之外，它還有一個特點，就是每到每天一些特定的整點，銅鑄的「耶穌十二門徒」會從鐘面背後一一走出來，如木偶一般亦步亦趨，每個門徒的形態各不相同，調皮的彼得（Simon Peter）、蹣跚的安德列（Andrew）、心懷鬼胎的猶大（Judas），宛若「莫高窟」裡菩薩面前的阿難和迦葉，雖為同門，卻樣式各異。可見工匠之良苦用心。

有人說，只有心中有信仰，才能製造出最精緻的物件。遠古人的黃金面具、中世紀的哥特式建築、中國戈壁灘上的神奇石窟……信仰，就是這樣奇特，它可以讓人放棄對於物質的期盼、對於肉體痛苦的顧及，甚至可以忘卻塵世的一切煩惱，宗教是令人匪夷所思的，它可以讓人生活在一個只有自己與神的世界。

一名小丑爬到了天文鐘的塔頂，吹響了一曲有些怪異的旋律，一會兒，鐘聲響了六下，緊接著開始奏樂，銅人們依次進出，一曲終畢，台下萬頭攢動、掌聲不歇。好似老戲臺下觀眾的叫好聲，據說，這是布拉格觀光的經典保留項目。

來布拉格之前，我就聽說過天文鐘的故事，造鐘者技能高超，鐘造成之後，工匠竟遭暴君挖去雙眼，這個殘忍的故事在東西方都能聽到，皇帝將工匠封閉在墓室裡的暴行，永遠不會只是東方人的專利。

不過據說造鐘的工匠也留了一手，挖去雙眼之後，為了報復暴君，他掙扎著將鐘的後面拆去一塊，這一塊時至今日也未能補齊。

我以為，只要錯過那些小巷，就能真的忘掉布拉格所遭受的暴政與苦難。

就在天文鐘的腳下，就是一尊青銅雕像，像主是大名鼎鼎的教育家、宗教改革家胡斯（Jan Hus），他是將《聖經》翻譯為捷克文的第一人，大概也算是捷克最知名的民族英雄，當年神聖羅馬帝國聯合天主教廷對捷克掠奪迫害，身為查理大學校長的胡斯毅然拍案反抗——這頗有當年劉文典怒斥蔣中正之風，只是當年的教皇並沒有蔣公的雅量，在胡斯拍案之後，教皇直接將這個文弱書生在老城廣場上活活燒死了。

胡斯被害的七月六日，至今都是捷克的公共休假日，這倒是有點像我們紀念屈原，而這一天，恰是我與妻舉行婚禮的日子。

燒死胡斯之後，教廷並沒有得到片刻的安寧，首先是引起部分宗教人士的反抗、後來演變成了農民暴動，最終變為赫赫有名的胡斯戰爭——獨立後的捷克終於脫離了神聖羅馬帝國。也許胡斯不知道，他的理想，並不是通過胡斯戰爭的結束來實現的。

而且，胡斯戰爭以後，捷克就跌入了「從被征服到反抗」歷史輪迴的漩渦之中。

在老城廣場上，我忽然想到了米蘭昆德拉小說《笑忘錄》的開頭：

> 一九四八年二月，共產黨領導人克萊門特・哥特瓦爾德（Klement Gottwal）站在布拉格一座巴羅克式宮殿的陽臺上，向聚集在老城廣場上的數十萬公民發表演說。這是波希米亞歷史的一個重大轉折，是千年難得一遇的那種決定命運的時刻……照片上的他戴著皮帽，周圍是他的同志們。共產主義波西米亞的歷史就是從這座陽臺上開始的。

我不知道哥特瓦爾德當年究竟站在哪座宮殿的哪個陽臺，我唯一知道的是，當他面對台下幾十萬公民時，是否看到了熊熊烈火中的胡斯塑像？如果他看到了，他會預言到二十年後的蘇聯坦克車將會出現在他視線所及的這片土地上嗎？

他無法預言。

他還無法預言的是，在他發表完演說四十二年之後的同一天，另一個捷克人也站在他當年站過的地方，這個後來者，同樣是面對幾十萬捷克人，也發表了一通激情洋溢的演說，然後推翻了哥特瓦爾德當年建立起來的那個政權。但是我更寧願相信，這個更年輕的捷克人，一定是受到了胡斯精神的感召，因為他不但推翻了一個政權，更促使一個獨立的民族擺脫了蘇聯的專制體制，並走向了民主、憲政與自由。

而且，他也是一個文弱書生，是一個劇作家，他叫哈威爾（Vaclav Havel）。

我們還不能忘掉一個史實，一九六八年八月一日，仍然是老城廣場，仍然是幾十萬捷克人，每一個人被蘇聯人的坦克車弄得驚慌失措，他們自發地雲集到了一起，高呼著口號，要求捷克共產黨總書記杜布切克（Alexander Dubček）出來接見他們，領導他們與蘇聯人對抗到底，但此時杜布切克已經沒有任何勇氣與魄力來穩定局勢。數十萬群眾等待了一晚上，那個曾經站過哥特瓦爾德的陽臺，始終是一片空白。

最後，坦克進入，人群散去，世道蒼涼，人心冷卻，始終拒絕露面的杜布切克成為了蘇軍的俘虜。

老城廣場充滿了戲劇性，從胡斯、哥特瓦爾德、杜布切克，再到哈威爾，事關捷克七百年的歷史，在這裡如同一張卷軸一般，慢慢舒展，唯一見證這一切的，只有那隻靜靜運行著的天文鐘。

我面對天文鐘時，右側是胡斯塑像，身後是一條小巷，與妻決定，走到這條小巷裡，看看有什麼意外的風景。

小巷很深，兩旁都是旅遊用品商店，主要出售鼴鼠布偶、冰箱貼以及一些木質的兒童玩具，徑直走出小巷約兩三百米時，忽然看到一個路口，遠處一個頗顯威嚴的建築，是如此的眼熟——歷史書上的「捷克國家博物館」。

原來我們到了瓦茨拉夫廣場（Vaclavske namesti），這個廣場有一個每個中國年輕人都耳熟能詳的名字，叫布拉格廣場。

當地人對這裡的稱呼有點特別，叫「新城廣場」，大約是與「老城廣場」相對，我看到許多上個世紀九十年代蓋的房子，現在用做一些服裝品牌的專賣店，遠遠望去，樓房街區都比老城廣場要新許多，這大約得名「新城廣場」之緣故，但這些建築都無法遮擋面前國家博物館的莊嚴，這個晚期文藝復興建築的恢宏與磅礴，在整個布拉格地區，堪稱無出其右。

面對國家博物館，我們繼續前行。

知道瓦茨拉夫廣場，是因為我早先看到那些事關坦克鎮壓、蘇軍屠殺等照片，多半發生於此，廣場上有一尊瓦茨拉夫四世騎馬挎劍的雕塑，雖是暴君，但卻姿態威嚴，令人不得不抬頭仰視。而就在雕塑旁，就曾有蘇聯的坦克車列陣。

當我們面對國家博物館時，兩側的建築給整個街道彷彿帶來了一種厚厚的壓迫感。從文藝復興時建築，到新式的後現代屋舍，應有盡有，恍如一座露天的歷史建築博物館。而且就在靠近博物館的街區，我們還看到了一棟別有風味的裝飾主義（Art Deco）風格建築——Bata百貨。

這個牌子在中國很出名，屬於皮鞋的頂級品牌之一，在很多大城市的大型商場裡都能看到，但我來到捷克之前卻萬萬沒有想到，這個飲譽世界的品牌，竟然來自於捷克這個大多數人並不瞭解的東歐小國。

而且，我還不知道Bata這個單詞在中文裡究竟該如何發音。

大多數華人會根據英文發音將其望文生音地念作「巴塔」，但事實上，在捷克語裡，這個詞卻念作「巴佳」，它不是英語，是地地道道的捷克語，當然這是我來到捷克之後才知曉的。這個品牌最早便創立於捷克，而且是一個很知名的百貨商場品牌——它並不只做皮具。就在這個商場裡，我聽到雨點刷擊屋外法式雨蓬的聲音。

我不止在一篇散文裡談到雨，我和妻都喜歡雨季，沒有理由。老祖母說，大約我還在襁褓裡時，就喜歡下雨天，一旦聽到窗外下雨，就迫不及待地哭鬧著要去陽臺聽雨聲。後來在福建、成都、丹東、雲南與臺北，我邂逅到了各種各樣的雨，有的急促如流水板，有的溫婉似水磨調，在古巷、老街、高樓、廣場、森林與山谷中，各類樣式的雨，我都經歷過。因此，我始終認為，雨不同，景亦不同。

此刻，是我頭一次是感受到歐洲的雨。

忽然間，我聽到了一陣由遠而近、從小變大的敲擊旋律，急促中透著有力、激昂且不失婉轉，宛若一曲個性的交響樂，我疑心這是刻意為之之聲，而絕非施工之類的雜噪之音。於是我循聲而出，大街上早已下起了大雨。

捷克的雨，確實與其他地方的雨不一樣。

文藝復興時期的建築與裝飾藝術運動時期的樓房，在雨簾中交相偎依，遠遠望去，宛如世博會的場館展區。街面上紅色的幾許點綴，總是恰到好處地讓避雨的人感知到一些溫馨的存在。老的建築，新的街區，零散的人群，五顏六色的雨傘與廣告，緩慢徐行的電車，都灑落在這雨裡，在布拉格，雨是溫暖的，它可以包裹著這座城市裡曾經經歷過許多磨難與苦痛。

我所聽到的那一陣敲擊聲，正是來自於這滂沱的雨中，一個二十多歲的青年，拿著兩根鐵棍，飛速地敲擊著身邊各種各樣的廢棄容器——憋癟了的塑膠瓶、生銹的鐵罐、用舊的汽油桶、缺了一個角的搪瓷碗等等，皆成為他棍下敲擊的樂器，叮叮噹當的敲擊聲，著實有著一種獨特的音樂美。走過去一看，地上一塊紙板，他是一個環保組織的發起人兼志願者，此刻正在街頭募捐，旨在讓南來北往的路人知道，我們生活中廢棄的容器，其實還有大用。

雨下越大，他的動作越來越快，最後只看到兩根棍棒一上一下地翻飛，發出近似於《命運交響曲》的演奏聲，這讓我有些驚詫，不太敢相信這聲音是從廢舊容器中發出的。且看年輕人，並不在乎自己身上早已透濕，如此執著地為公益募捐，我還真是第一次看到。

那是我第一次將身上所有的硬幣，悉數都捐給一個素不相識的街頭賣藝者。

有人說，捷克是一個有信仰的國家，他們的信仰，便是對自己文化、民族的極度熱愛。正是因這信仰，他們才會在一次次的侵略中主動投降，以免文物遭到毀壞、民眾受到屠殺，然後便在這投降中尋求救國之道。這是一個小國的生存法則，也是「君子能屈能伸」的最好演繹。在亂世中，唯有自保者，才能救世。中國的先賢也承認，「修身」是「齊家治國平天下」的前提，只是，捷克人比誰都更能參透這句話。

所以，無論是街頭賣藝的志願者，還是當年主張投降的統治者，他們都對於這捷克人特有的信仰有著不同的詮釋，這種信仰就像是胡斯的靈魂輪迴一樣，一年年、一代代地烙進捷克人內心深處。

在瓦茨拉夫雕像下的草叢裡，我看到了一塊小小的紀念牌，上面鐫刻著兩個死難者的照片與名字，一個叫帕拉齊（Jan Palach），另一個叫扎吉克（Jan Zajic），兩人都是在一九六九年因抗議蘇軍入侵而自焚的大學生，當時捷克人正是在他們的感召下，開始了反抗蘇軍的大遊行——只是，捷克人的遊行沒有任何的暴力、口號，甚至旗幟，只是默默地走著。

自焚、行走都沒有改變胡薩克（Husak Gustav）對杜布切克的取代，但是正是因為他們的犧牲，在捷克人心中，才根植下了對專制的反抗與對民主的訴求。

中國作家劉震雲在面對這兩座紀念碑時，曾說了幾段這樣的話：

> 如果他們不舉動和不衝動，四十年後，他們已是六十歲左右的臃腫的布拉格老人，在熙熙攘攘的瓦茨拉夫廣場走著。街道兩旁，林立著商鋪、麥當勞、迪士高舞廳和賭場。他們並沒有改變歷史。歷史沉重的腳步，該往哪個方向前行，還往哪個方向前行；該改變的時候，它自然會改變。
>
> 但是，他們也改變了歷史。歷史雖然沒有改變前行的方向，起碼在這裡停頓了一下。四十年後，人們沒記住歷史前進的每一步，記住了這一停頓。

在這兩個年輕人的紀念牌旁，還有一個小木牌，上面是四個年輕人的名字與照片，上面兩個是帕拉齊和扎吉克，下面則是妮達・索爾坦（Neda Agha Soltan）和索哈拉波・阿拉比（Sohrab Arabi）——後兩者注明是二〇〇九年「伊朗綠色運動」的殉難學生。他們都是大學生，都死於對專制的抗衡。

在小木牌的中間位置，寫有一行這樣的英文：

「他們是為光明的未來與自由而燃燒的蠟燭。」

捷克人溫和，連遊行、反抗都是採取最溫柔的形式，這讓很多人覺得不可思議，但是他們卻始終未曾放棄過任何可能的反抗。越是溫和，越有號召力與耐性，所以才會有「天鵝絨革命」的成功。

以至於今天的捷克人，都會在骨子裡透露出那種對「溫和」的自我肯定。

廣場上死去青年學生的紀念牌

天文鐘下總是人滿為患

敲擊破碗的藝術家

四、地鐵罰單

從瓦茨拉夫廣場到國家博物館，隔著一條馬路。

想去博物館，又避免有車禍之虞，我們打算從地下通道穿越，因為在地下通道的入口，我們看到了一個碩大的捷克文標誌：Muzeum。

這個標誌是一個紅色的箭頭，我們就一路跟著這個箭頭走，下通道、轉彎、再下通道，順著不同的「Muzeum」箭頭，我們終於到了最後一段臺階。

下面是地鐵月臺，兩旁是靠站的地鐵，一列地鐵剛過，風聲呼嘯而馳。

我們還是猶豫了一下，以為在月臺上可以有什麼路徑通向地鐵站。

當我們信步慢慢往下走時，就發現自己錯了，因為這一站就叫「博物館站」，所謂一路看到的紅色箭頭，乃是地鐵的特有指向標誌。我們迷迷糊糊地竟然走進了地鐵，現在只要我們願意，便可以踏上左右任何一趟地鐵，抵達除了「博物館」之外布拉格的任何地方。

當我們決定返回時，發現此路早已不通。每一個下地鐵的遊客手裡都拿著一張磁卡自覺地在樓梯旁的鐵椿子上輕輕刷一下——那裡有一個並不顯眼的讀卡機，而我們奔向月臺時，卻忽略了這個讀卡機的存在。

我們正在疑惑間，幾個身著黑色警服、高大強壯如摔跤手一般的員警朝我們走了過來。

「請出示車票。」一個胖員警朝我伸出了蒲扇一樣的大手。

「我們是走錯路的。」我辯解。

「請出示車票。」胖員警聲音大了一些。

我低頭一看，胖員警腰間掛著的手銬錚亮，槍套裡露出黑色的手槍把。

「我沒有車票，我是……」我話還沒說完，一個絡腮鬍子員警轉過身來，我清晰地看到他肩膀上雪白色的「Police」標誌。

怎樣才能找機會走掉呢？

「你來自於哪個國家？」絡腮鬍子員警看起來比胖員警和藹一點，「請出示您的護照。」

我下意識伸手一摸，糟糕！護照和旅行包一起，放在酒店裡了！

「我忘記在酒店裡了。」我解釋道。

「護照。」走過來的胖員警大聲地提醒我。

我只好掏出錢包，找到我與妻的兩張身份證，趕緊拿出來，可惜上面沒有英文，胖員警接過去，反覆看了看，好像讀不懂，然後他又交給絡腮鬍子的員警，不知道他們是否在感歎漢字的博大精深，大約過了十幾秒鐘，他們把身份證還給了我。

「每個人八百克朗罰款。」胖員警唰地撕下了一張罰單，「你們兩個，一千六。」

我們已經顧不得討價還價了，在任何一個國家，和員警起了爭執都沒有好結果。更何況是我們自己錯誤在先？我趕緊從錢包裡拿出一千六百塊的鈔票，遞給胖員警。胖員警把錢放進了一個黑色的夾子裡。

「你們可以走了。」絡腮鬍子員警說。

我們剛準備轉身，胖員警在我身後忽然一聲斷喝——

「站住！」

我大驚失色，因為我從幾個員警的口音裡可以辨別，他們的英語水準很差，大概相當於中國初中生的水準。如果真把我們抓到警局裡，我們連辯解都是雞同鴨講，最後很可能要驚動使館才能放人。結果沒想到的是，胖員警走到我旁邊，拿出另一張罰單，拍了拍我的肩膀：

「嘿，剛才是一張八百塊的，這裡還有一張，這樣才是一千六百塊。」

我這才鬆了一口氣，目送幾個高大魁梧的員警轉身離去。

第二天，我遇到了一位德國的朋友，我向他提到這個事情，並抱怨道：「你說捷克的地鐵不准許無票進入，你也不修一個閘門、鐵欄杆，這能怪我？」

朋友一聽，微微一笑，說：

「在我們歐洲，很多地方都是沒有圍牆的，譬如軍營、警局與國家安全部門等等，按照法律，這些地方我們知道是不能去的，所以我們可能一輩子都不會闖進去；還有些地方是必須要花錢才能去的，比如說地鐵站、付費的景區，就算沒有鐵欄杆，我們也不會『誤闖』；有些地方任何人都可以去，比如大學、公園、街道等等，誰要是阻攔我，誰就違反了法律。我們歐洲很多地方沒有牆，但牆就在我們自己心裡，而你們大多數中國人，卻是心在牆裡。牆在心裡，便可視野無限，但卻自知法度，進而能馳騁萬里，激發無窮潛能，而心在牆裡，看似無所顧忌，但卻事事膽怯，瞻前顧後，難免會處事井觀、不能自拔。」

回國之後，我與多位朋友談到過這張罰單，有些朋友卻有不同的聲音：

「噫！你上當了！人家外國的員警就是知道欺負中國人，中國的大使館又不會為這種事情幫旅行者開托，再加上中國人在外地膽子小又語言不通，人家不找你創收，還能找誰？」

這話乍一聽，不錯，三條理由仔細一對照，還真能排的上號，但是我不甘心。於是，甘願冒著不講義氣的責罵，將朋友所總結的三點發到網路上，一下子引起了網友們的討論。

「還要加上一條，是咱們大陸人出去太不講規矩了！」

「你不惹人家員警，人家又不是精神病，大白天抓你！」

這樣的留言，在我的「三條理由」之後有許多條上述的留言，內容幾乎大同小異，無非批評我們大陸人不講文明、漠視法治之類。看來上述三條儘管有合理之處，但網友們熱心加上的「第四條」，勢必成為前面三條的前提。在一個凡是靠制度的國家裡，有些決定雖然看起來不近人情，但卻早已習以為常。白紙黑字有憑有據，向來不怕別人說三道四。

全球化早已是不可逆轉的趨勢，當「人情社會」的居民遭遇「法治國家」的制度時，我們應該知道，前路雖長，但早已時不我待。

抵達國家博物館門前，爬上層層的臺階，眼前就是瓦茨拉夫國王的背影，想到剛才那幾個威風凜凜的員警，我沉沉地喘了口氣。

從這個角度看布拉格，眼前便是遙遠的老城廣場，一條筆直的大道穿越市區，直達老博物館的腳下，身後的老博物館，早被一層厚厚的腳手架所遮攔，外牆裝修，所以不能走進去一看究竟。

門口有指示牌：博物館目前只開臨時館，就在老館的左側，一棟後現代派的玻璃房子，如果願意參觀，倒是可以一看。

我幾乎去過中國大陸、香港、澳門與臺灣所有的美術館、博物館，在我看來，一個國家的博物館，應該是高聳矗立、令人仰視的，縱然館舍整修，也應該在臨時館舍上體現出輝煌大氣之風貌，但捷克的國家博物館臨時館，看起來真的有些寒酸。

這樣說確實有些不客氣，我走進一間寬大的玻璃屋子，便是一個小小的紀念品售賣店，此處就是購票處，再往裡走，才發現，這個外表看起來很後現代派的玻璃房子，實際上是社會主義時期的一個會堂，這種典型蘇式結構的方型建築，在中國許多省會城市的市中心都能看到。會堂兩側是高大的木質玻璃門，中間擺放著一張巨大的黑白照片，原來是捷克歷任的共產黨中央委員拼接而成的合影，其中有幾個人臉是空缺的，可以留給遊客把臉伸進來，擺成任意造型，這是捷克人一貫的政治幽默。

在群像的側後方，各有一個廳，右邊的大廳一走進去，便看到一個巨大的輸血器，仔細一看，是紀念捷克醫生揚斯基（H.Yansky）發現血型，揚斯基在一九〇七年為病人輸血時，發現了人類血型的差異性，並制定了ABO血型分類。雖然這是一個小發明，但卻為人類醫學推動了一大步。從右邊的大廳走出，可以直接進入左邊的大廳，廳內擺放著一隻碩大的摩托車，是為了紀念捷克一位工匠在一八四六年發明了輪胎，與血型一樣，這當然是一個影響現代文明進程的發明。

但有趣的是，現在世界科學界一致認為，血型的發現者是奧地利醫生、病理學家卡爾・蘭茨坦納（K.Landsteiner），而輪胎則是由蘇格蘭發明家鄧祿普（Dunlop）所發明。君不見，鄧祿普輪胎現在依然是國際輪胎乃至塑膠製品第一暢銷品牌。

捷克人總是這樣，糊裡糊塗被人超越，莫名其妙淪為附庸，他們不爭辯、不爭論，只是安安靜靜地，做好自己的事情，就像是這安安靜靜的博物館裡。

再往後面走，就是一個玻璃架子，陳列了幾枚古幣，以及兩三只原始人類的鑪鑪罐罐，可惜這些東西根本無法吸引我們的眼球，再往裡走幾步，看到一個兒童遊戲區，主要為了介紹一種由捷克人發明的益智玩具，一些螺絲、滑輪、繩索與五顏六色帶眼兒的鐵板，兒童可以用螺絲刀將這些東西拼接成一輛小車、一隻小機器人之類，這也倒反映了紅色波西米亞的重工業風格。上個世紀八十年代初中捷友好時，這類玩具也曾出口到中國，我幼時便玩過。一走進去，彷彿觸動了自己童年的記憶。

其實很多中國大陸人來到捷克，還真有一種懷舊的感覺。因為許多輕工業產品如彩色玻璃器皿、益智玩具與木雕工藝品等等，早在上個世紀七八十年代，便已然風靡中國大陸的大江南北，成為了「改革開放」時期中國最早一批進口商品。聽講這類商品來到中國，是因為當時本著「社會主義陣營」相互扶持的協定，中國向捷克出口大米，捷克為中國提供輕工業品，彼時宜家等家居用品商城尚未入駐中國，於是這類來自於捷克的輕工業製品，成為了二十世紀八十年代中國的

「摩登想像」。

可惜進入到九十年代，隨著哈威爾的激情演說，這些原本滲透到中國日常生活的細節，倏地一下都沒了蹤影。

捷克國家博物館的臨時館很小，我們在裡面走了半個多小時，就基本走完。可以這樣說，這個博物館算是我看到最小的博物館，莫說遠遠不如臺北故宮博物院、北京國家博物館，就連湖南、新疆的地區博物館，甚至丹東、蘇州的地方博物館，也遠比這臨時館要氣派許多，館藏也要豐富的多。在這個有些侷促的小館裡，我甚至覺得有些憋屈——我們不遠萬里來到捷克國家博物館，目的就是為了看一輛摩托車和一架輸血器？

「不是每個國家都像中國一樣，有這樣豐厚的歷史與館藏。」妻說，「捷克還算是東歐歷史悠久的國家，看看美國、韓國，更是歷史蒼白。」

這時我忽然明白了耳熟能詳的一個成語：敝帚自珍。

走出布拉格的國家博物館，忽然看到門口有幾個服務員，她們朝我微笑，我還以抱怨，認為這博物館實在太狹小、侷促了，幾乎沒什麼東西可看。

其中有一個服務員耐心地向我解釋，「這只是臨時館，很多重點文物搬不走，還在老館裡面，下次你來可以參觀一下老館，很不錯的。」

另外一個服務員的回答倒是讓我有些驚訝，「先生，您知道嗎？布拉格這座城市就是一座博物館，街道、雕塑、建築，都反映出了捷克的輝煌歷史，每晚上演的歌劇，街邊熙攘的人群，就是告訴你這座城市乃至這個國家的獨特文化，究竟是什麼？」

我站在博物館門前，窗外就是那位暴君的雕塑背影。

明知是暴君，卻要給他塑像，這也是捷克歷史上的一個矛盾話題。瓦茨拉夫四世是神聖羅馬帝國未被加冕的國王，因此也被稱為文策爾一世（Wenzel I），最終被諸侯王轟下臺。他可謂是一位殺人如麻的暴君，不但燒死了胡斯，還溺死了內波穆克——有趣的是，這兩位現在也在捷克有雕像。

有人說，捷克人好壞不分，英雄和暴君一同造像，實在是匪夷所思。但這恰也反映了捷克人的多面，他們對於歷史中所發生的一切，就是那麼安靜、溫和，宛如伏爾塔瓦河的水，一點都不湍急、奔放。

從博物館的陽臺上，看暴君的背影，這是一件十分有趣的事情。暴君遠去，腳下是最繁華的廣場，一片祥和景象，彷彿目送暴君的背影。

走出博物館時，我發現有一個小超市，售賣一些禮品，從碩大無比的化石，到印有博物館標記的鉛筆，都有出售。我仔細看了看，還有一樣東西我沒見過，是一種紀念幣，上面鐫刻著國家博物館的外觀，但沒有具體的面值，不供流通，只作收藏。仔細端詳，紀念幣上的博物館建築，寧靜而又安詳，彷彿用老者的目光，在靜觀著世道滄桑的變遷。

確實，布拉格是一座安靜的城市，哪怕車水馬龍、人流如織，它也可以保持一種近似於靜謐的安靜，這不只是一種紳士風度，而是一種暮年但又沒有一丁點老態的沉穩。這種沉穩，只屬於布拉格。

所以有人說，布拉格是一位老紳士，雖然老，但卻不顯頹蹣跚，有一種人過中年的溫和韻味。這種說法著實頗為貼切，我所感觸到的布拉格就是這樣，溫和到讓你很容易接近，很容易愛上，但是，又很難捉摸它的內心。

捷克布拉格地鐵站

背後是暴君的塑像

五、邂逅卡夫卡

除了寧靜之外，布拉格還真充滿了甜蜜。

前面已經說過，我們在路上，時常可以看到辦婚禮的新人，大家臉上都掛著甜蜜而又幸福的微笑，原因大概在於這座城市教堂很多，適合舉辦婚禮，當然，布拉格最有名的教堂，還是建在城堡裡的聖維特大教堂（Chram Sv. Vita）。

這座教堂處於整座布拉格城市的東南角，處於布拉格舊皇宮區域，旁邊便是知名的「黃金小巷」，因此，這座教堂既是捷克的城市座標，亦算是布拉格的地標性建築，當然，更是世界上「三大哥特式建築」之一。

當然這些都浪得虛名，關鍵在於，這座教堂與捷克總統府毗鄰，一九一八年，趁一戰爆發與全世界殖民地獨立的浪潮，捷克與斯洛伐克成立了統一的共和國。建國之初，便將舊皇宮改為了總統府，至捷克斯洛伐克共產黨執政，再到兩國解體，總統府都在此處，從未更換。

巨人與神的打鬥，變成了矗立在總統府門前的雕塑，一七七一年，這座雕塑完成時，意味著政權對於力量與公正的追求，因此便被放置到了捷克的王宮門前。自此之後，歷任捷克的執政者都曾日夜面對著這兩尊雕塑。

總統府門前有一個廣場，裡面有一個許願池，池內是一尊水法，臺灣歌手蔡依林演唱的《布拉格廣場》，據說就是以此為對象。因為無論在新城廣場還是老城廣場，都沒有這樣的許願池。

按照西式許願的法則，夫妻一道，合握一枚硬幣，背對許願池，默默許願，爾後揚手將硬幣扔入池子，願望便可達成。我俯身一看，池內水中硬幣不下萬枚，有的已經鏽跡斑斑。我與妻仿效其他遊客扔硬幣的方法，轉身一扔，聽見水花一響，按照許多人的說法，大概我們這願望就已被天使知曉了。

正扔硬幣時，聽見一陣激昂的鼓樂聲傳來。原來總統府門前，恰逢衛兵換崗，和中正紀念堂的換崗大同小異，我不太感興趣，但是在許願池門口的斜坡下，我卻發現了一對拍攝婚紗照的新人，男士紳士，女士優雅，頗有電影明星的氣度，周遭歐洲遊客彷彿早已見怪不怪，圍觀者也不多，當然，我在布拉格這些時日也見到不少衣著嫁衣的新人，但在總統府門前，還是第一次遇到。

攝影師一邊要求兩個新人擺弄造型，一邊示意旁邊少數圍觀的人閃躲，新郎反朝我擠眉弄眼，眼神倒像是受過專業訓練的演員。我走上前去，大聲表示祝福，新娘子也轉身向我揮手示意，忽然聽到門口一陣騷動聲，原來來了旅遊車，一大幫日本遊客，正往聖維特大教堂而去。

聖維特教堂離總統府不太遠，總統府是一個小庭院建築，而聖維特教堂卻高聳入雲，不是專業攝影師，很難拍到全貌。而且由於年久風蝕雨淋，教堂外牆早已黃中透黑，反倒更造出幾分莊嚴的韻味，再加上複雜繁瑣的裝飾，產生了一種不得不仰視的崇高。

可以使人從骨子裡冒出一種不知打哪兒來的莊嚴與崇高，這樣的建築我在中國與東南亞並不曾遇到，恍如歷史變身一堵高牆，重壓在你面前，讓你慌不擇路。

教堂是聯排建築，這種壓抑感更加明顯，我只昂首數秒，便覺天堂之路迢迢，極樂世界漫漫，非我等所能企及。再低頭一看，發現教堂門口早已是人滿為患。熙熙攘攘的人群，擠在教堂門前。教堂門小，遊客人多，只能分批進入。

輪到我們的時候，我與妻已在門外恭候多時，教堂內部空間很大，但光線頗為陰暗，拍照效果也極不理想。與歐洲其他教堂類似，聖維特教堂的窗戶採取彩色玻璃鑲嵌的形式，陽光透入屋子時，五彩斑斕，這樣的技術在現在看來，無甚奇特之處，但在當時卻是罕見的工藝，令人拍案叫絕。

說到教堂的玻璃，就不得不說說捷克的玻璃製作，熟悉西方歷史的人都知道，玻璃生產源自於古埃及，古羅馬戰敗古埃及之後，將一大批玻璃工匠集中於亞平寧半島上，專事製作玻璃，供宮廷與教會使用，時至日久，手藝逐漸從中南歐蔓延到了東歐，於是，東歐成為了文藝復興時代世界上玻璃製作最為精湛的地區，隨著歐洲中心的西移，玻璃製造業開始逐漸在整個歐洲普及。

這有點像文藝復興的發生，一批被驅趕的古羅馬哲學家偏居一隅，皓首窮經，數百年下來，慢慢地變成了滲透到整個歐陸、波及整個西半球並惠及全人類的思想解放運動。

而捷克的玻璃工業又是整個歐洲玻璃工業最為精湛的地區，當地的朋友介紹，捷克的財政收入幾乎有一半來自於玻璃製造，走在捷克街頭，看到最多的，依然是各類玻璃製品，從玻璃小擺件到碗瓢盆杯等各類玻璃制實用物件，應有盡有，櫥窗裡璀璨奪目、剔透晶瑩，令人眼暈目眩。

難怪安德列・紀德（Andrew P. Gide）曾經說過，布拉格是一座名副其實的「玻璃之城」。

從布拉格回到國內，我幾乎沒有購買任何玻璃器皿，因為這些玻璃器皿太重也太眼熟了，眼熟到你會覺得，這些東西都曾經與你有關，但隨著時間的漂移，逐漸把它們忘卻了。這就像是在博物館看到的兒童玩具，在百貨商店裡遇到的木製品一樣，因為中國大陸和捷克都曾因為共同的社會主義陣營背景，而使這些物件在中國大陸呈現。時間抹平了冷戰的痕跡，但生活的細節卻總是會在不經意間把那些熟悉的點點滴滴給拽出來，讓人想起。

正午的陽光滲透進聖維特大教堂的玻璃窗，教堂裡若非人聲嘈雜，一定可以凝練出一種端莊的美。查理四世及其妃、后均長眠於教堂地下室的皇家墓地，除此之外，那位被瓦茨拉夫四世扔到伏爾塔瓦河裡的內波穆克，也埋在這座教堂的地下。

我們現在所能看到的，只有擺放在聖文薩斯拉（Kaple sv. Vaclava）祭臺上的一些古物，如查理四世的王冠、權杖等等，教堂後面有樓梯，據說爬到頂部可以一覽布拉格之全景，但當時樓梯正在維修，並不提供給遊人攀爬。

教堂外石雕的精緻與教堂內氣氛的莊嚴本應相映成輝，但遊人實在太多，教堂內人聲鼎沸，各語種語言混雜，令人煩躁不安。教堂原本應是安靜的所在，如此喧鬧，自然失去了教堂本身的意義。一位德國的朋友早些年就曾在我這裡抱怨過遊客的紛雜，他是一位畫家，每當他去教堂采風的時候，總會被一些來來往往甚至拍照喧嘩的遊客所打斷思路。

「德國的教堂原本是世界上最清淨的地方，現在裡面的每個人都像長了兩張嘴巴似的。」

我無言以對，這是大環境，並非偶然。東亞的寺廟，歐美的教堂，何嘗不都是清淨靈修之所呢？可是現在，但凡有一點名氣的寺廟、教堂，哪一個又不是遊人如織呢？從中國的普陀山、布達拉宮，再到捷克的聖維特大教堂，其實，你可以看到幾乎一樣的人群——拿著相機，舉頭四顧，但都行色匆匆，因為每個人都要趕著去下一個景點，根本無暇體會甚至飽覽眼前的風景。

我所喜歡的旅行方式，便是待在一處，以當地人的方式生活，去品味美食、街區與方言，在布拉格亦不例外。我恐懼於旅行團的嘈雜，也害怕過於擁擠的景點。譬如這擁擠的聖維特教堂便讓我覺得，我們離上帝的距離，確實遙不可及。

全球化的旅行消解了宗教的崇高，速度與效率正慢慢取代慢節奏，兩年前，我曾經寫過一篇隨筆，叫〈上海，何以最不忙〉，意在喚醒中國人對於生活的熱愛。我們祖先曾經琢磨出過《茶經》，曾眷戀過幾天幾夜的《牡丹亭》，也曾在半酣半醉中揮毫寫下過〈蘭亭序〉，但今天的中國人，早已不可能如此，取而代之的是速食文化、智慧手機與高速公路，越來越快的節奏，宛如馬路上疾馳且超速的跑車，周遭的風景都被一一拋卻，甚至在飛奔當中，喪失了分辨真假、甄別對錯的基本能力。

我逃也似的溜出聖維特大教堂，果斷地轉移到了教堂旁的一條小巷——不是所有遊客都會去的地方，這條小巷有個名字：黃金小巷。

更關鍵是，這裡面曾住著一位知名的作家，叫卡夫卡（Franz Kafka）。

來到布拉格之前，我一直以為，在捷克人心中，最偉大的作家是米蘭・昆德拉（Milan Kundera），這位在動盪時局中凝練出捷克人性的文學大師，應當受到捷克人的禮遇，而且，我有幸與他同在愚人節出生。但我在捷克的許多書店裡，並未發現太多關於昆德拉的著作，相反，在許多書店裡，最醒目的書永遠是卡夫卡的作品，在布拉格的主城街區裡，還有好幾家關於卡夫卡的主題書店。

這種禮遇，很容易讓我想到多年前中國的魯迅。

我並不知道捷克人為什麼不喜歡昆德拉，不記得哪位學者曾經說過，「無論你問哪個捷克人，他們都會告訴你，昆德拉絕對不是捷克人最愛的作家，捷克人中多數並不以昆德拉為榮。」捷克是一個民主的國家，作家沒有意識形態的政治因素，讀者才是唯一的評判人，因此，捷克的讀者們會直接告訴你，喜歡誰，不喜歡誰。

於是，卡夫卡成為了捷克人心中的聖人。

同樣，卡夫卡的故居自然也會成為捷克人心中的聖地，黃金小巷之所以負有盛名，而是因為卡夫卡在其中住過一段時日，著名小說《城堡》據說就是在這裡完成的。

生活在城堡裡的荒誕大師，卻描摹出更為荒誕的《城堡》，這究竟是布拉格的際遇，還是卡夫卡的緣分，我也不知道。

黃金小巷之所以得名，乃是因為它是離著皇宮最近的一條小巷，當年這裡便是為皇宮鍛造黃金的工業區，有點類似於清代宮廷內務府的「造辦處」，捷克建立起共和國之後，總統不再披金戴銀，造聖像運動也隨之停止，一批工匠失業，此地遂成為貧民窟，上個世紀二三十年代，達達主義與現代主義風行全球，因為該處房租低廉，一批來自歐陸各地的藝術家，紛紛在黃金小巷落腳——其中也包括當地人卡夫卡。

一八八三年，卡夫卡便出生於小巷附近的老城區。這是一條寬三米多的小巷，全為步行，不通汽車，地面由碎石鋪成。周圍兩旁五彩繽紛的小平房，像一左一右兩列平行著的火車。當然現在裡面除了幾家書店與禮品店之外，其餘均作為微型博物館供遊人瞻仰。

卡夫卡的故居，便在小巷的第二十二號，目前是一個小型書店，出售關於卡夫卡的著述。據一些文章描述，當年卡夫卡在這裡創作時，他並不蜷縮在二十二號這個小院子裡，而是每天溜到市中心的西貝斯卡大街的雅克咖啡店裡去閱讀、寫作，老闆會饋贈他幾片麵包，他便藉此果腹。後來，一位優雅的女士成為了卡夫卡桌子對面的食客，她希望卡夫卡可以把正在寫的小說給她看看。窮困潦倒的作家，不怕讀者要看，就怕沒有讀者，卡夫卡每寫一個章節，這位優雅的女士便讀一個章節，小說讀完之後，女士高興地在手稿後面留下了一句批註：

「嘿！你的小說寫的真棒！不得不承認，我愛上了你的作品。」

這個女士，就是俄羅斯著名記者米勒那・傑森斯卡，而她讀完的這部小說，便是大名鼎鼎的《變形記》。

卡夫卡雖然陷入愛河，但卻知曉傑森斯卡是有夫之婦，纏綿悱惻多年之後，卡夫卡還是決定揮淚斬情絲，他寫信給傑森斯卡「我已然忘卻你臉龐的模樣，但還是能記得你離開咖啡桌時的背影。」一場原本不該發生的孽戀，卻以文藝腔而告終，酸的牙倒。

今日的卡夫卡故居門前，還有一尊卡夫卡的銅像，一絲不掛，宛若大衛雕塑，引得遊人爭相拍照，仔細一看，銅像的生殖器卻被遊人摸的燦燦發亮，都說中國大陸遊客猥瑣，看來以紳士自居的歐洲公民也無法免俗，哪怕站在一代文宗的面前，也要嬉皮一把。

而雅克咖啡店，現在已經一分為二，一部分依然在經營咖啡，另一部分則是一家關於卡夫卡的主題書店，店員是一個英文說得不好，還夾著一點德語口音的小女生，對面是一家新開的超市，當年的景象，早不復存在。

黃金小巷的盡頭，是一個寬闊的廣場，旁邊有一個地下室，我與妻決定下去看看。

地下室不收門票，拾級而下，越走越覺得陰森，宛若地下魔窟，遠比大陸「文革文學」所塑造出的「地下收租院」令人覺得恐懼十倍百倍。仔細一看牆上的字樣，原來是中世紀的地牢。在捷克，地牢乃是最為常見的中世紀建築，與教堂一樣，教堂通往天堂，而地牢則導向地獄。

但在人類發展的歷史中，往往困居地牢的人，卻在死後登上了天堂，而在教堂中尸位素餐者，卻淪為了地獄裡的常客。我忽然想起，不知道，中世紀的執事者當真忘記了「讓卑賤者高升」這條聖諭？

地牢的牆壁上懸掛著中世紀的刑具，早已鏽跡斑斑，有些刑具設計的匪夷所思，甚至看起來莫名其妙，但仔細一研究其功能，卻令人毛骨悚然。譬如有一件鐵鍊製作的外衣，形似清代鎧甲，但卻內藏無數鋼針，一旦穿上，如萬箭穿身，受刑者宛若《說岳全傳》裡小商河上的楊再興，全身無數個窟窿。還有一些刑具，類似手術刀或鉗子，直接用來割鼻子、剜眼珠、切舌頭等等，更是讓人覺得使用者之殘暴，令人驚悚。

逼仄的道路一直下去，約三四層樓的深度，地牢深處便是死囚牢，裡面僅有一塊磚的空處，以便透氣，從那塊磚的空間往外望，遠處的布拉格城堡，鱗次櫛比，好一派繁華景象，唯有窒悶的空氣在提醒我，此刻，我深處離地獄最近的地牢當中。

總統府的噴泉

聖維特大教堂

總統府的國旗

總統府門口的新人

聖維特大教堂門前的孩子

黃金小巷

六、如此懷舊

捷克這個國家，主要是丘陵地帶，頗似中國的江南。從布拉格西行兩百公里有餘，便是另外一座城市，叫做卡羅維發利（Karlovy Vary），毗鄰與德國接壤的奧赫熱河（Ohre River）。明眼人一眼能看出，卡羅維發利是兩個單詞的拼寫，卡羅維（Karlovy）即查理（Charles）的捷克語發音，而發利（Vary）則是山谷的意思。因此，這座城市直譯過來就是「查理的山谷」。

當然這座城市的舊稱卡爾斯巴德（Karlsbad）應該更廣為人知——卡斯巴爾德是卡羅維發利的德語發音。在冷戰時代，中國大陸所有的知名電影均在這裡獲得過表彰，卡斯巴爾德電影節也是社會主義陣營中最重要的電影節。從一九五〇年的《中華女兒》開始，到《趙一曼》、《鋼鐵戰士》、《白毛女》再到後來的《祝福》、《中國西南行》，直至一九八八年，中國的電影《芙蓉鎮》就獲得了第二十六屆卡爾斯巴德國際電影節金獎，一部冷戰時代的中國大陸電影史，幾乎與卡斯巴爾德息息相關。

而且，在米蘭・昆德拉的《生命不能承受之輕》中，男女主角的相識，便是在這卡爾斯巴德，女主角是溫泉浴場的招待，看過小說或是電影《布拉格之戀》的，多半都忘不掉這個地方。米蘭・昆德拉沒有騙人，這裡盛產溫泉，早在拿破崙執政與沙皇時期，這裡便是歐洲富豪、貴族度假的樂園，時至今日，此處的消費依然貴的可怕。據稱巴黎中央區、紐約曼哈頓與香港中環三地可以與之相媲。

長途大巴從布拉格一路出城，經過了廣闊的麥田之後，停靠在一片綠蔭當中。當看到卡羅維發利的時候，我們才發現，這座城市其實不能稱其為城，最多只是一個小鎮，但是小鎮的精緻與齊備卻讓我們情不由衷地相信，這還是一座很美的城市。

迎接我們的，是卡羅維發利的櫻桃，在小城的停車場有售，這種櫻桃在香港被音譯為車厘子（cherries），與一般櫻桃不同，車厘子果實厚重，汁多味甜，據說，卡羅維發利便盛產車厘子，由於溫泉水滋潤，櫻桃回甜甘醇，水分厚實，且價位極低，幾十克朗便可以買到半斤，大約相當於上海同類櫻桃價格的一個零頭，比香港的也便宜不少。

吃著櫻桃走進中世紀的小城，這種風味只屬於卡羅維發利，當然，我相信，在歐洲其他地方如雷克雅維克（Reykjavík），布魯塞爾（Brussels）與朗厄爾峽灣（Geiranger fjorden）都能品嚐到味道類似的車厘子，但是卻無法領略到那種從森林到小城的中世紀風光。

透過停車場層層疊疊的茂密樹蔭，我們可以看到萬綠叢中的一點斑斕，那是城堡、教堂的尖頂，按照規定，任何大型車輛都不得駛入建築區，我們只好選擇步行。

繞過一條古老的河流，從一座有年頭的石板橋上步行，便到了一排建築的面前，這是典型的洛可哥（Rococo）式屋舍，是一些日用品的專賣店，能買到目前市面上看到的、算是頂級的日常生活用品。有人說，這些屋舍是卡羅維發利最早的一批建築，裡面曾經住過一批名人，當然，這些名人都是為了療養而來。

有哪些名人呢？

細數一下，還真不得了，從彼得大帝（ПётрАлексе евичРома нов）、馬克思（Karl Heinrich Marx）、歌德（Johann Wolfgang Von Goethe），到席勒（Johann Christoph Friedrich von Schiller）、貝多芬（Ludwig van Beethoven）、勃拉姆斯（Johannes Brahms），再到普希金（Александр Сергеевич Пушкин）、德沃夏克（Antonín Leopold Dvořák）和昆德拉……這些名字，哪個不是人類文明史上響噹噹的人物？當地一位接待的朋友還特意告訴我，馬克思的《資本論》初稿便是在這裡寫成的。

「雖然社會主義的理論綱領產生於此，這裡卻是最資本主義的地方！」

我相信這句話是最真實、直白的。古往今來七百餘年，卡羅維發利一直是歐洲權貴階層消夏的好去處，時至今日，這裡也是高檔會所雲集，各類奢侈品專賣店鱗次櫛比，很多歐洲大牌，能夠在卡羅維發利弄得一處門面，都覺得榮耀無比。

走過小門市的侷促與遍地的花紅草綠，一條蜿蜒的山路擺在眼前，左側右兩側是步行街，中間是捷普拉河（River Tepla）蜿蜒穿城而過，它是奧赫熱河的支流，建築雖然年份久遠，但卻看起來非常有味道，由於時常有遊客進出，所以門面看起來毫不做舊。在這些建築之中的空地上，又矗立著各種各樣的五星級酒店，與香港、北京不同，這些酒店的門口，多半沒有什麼豪車，因為在這裡最享受的方式，依然還是步行。

當然這些酒店也歷史悠久，部分酒店外牆上都佈置著鮮明的新古典主義的裝飾與浮雕，與布拉格市區的建築不同，這裡少有工業污染，加上氣候宜人，因此這裡的建築，多半看起來都很新。

正因時間沒有在建築上刻下痕跡，所以這裡才會有「重回中世紀」的錯覺。

而且，這座城市的總人口，比上個世紀三十年代時的總人口，還要少。

在捷普拉河的兩畔，是美輪美奐的老建築，每個窗臺上都擺放著鮮豔的花盆，遠遠望去，一棟棟樓佈滿了姹紫嫣紅，這是歐洲的特點，每一個歐洲人，都喜歡把自己的日常生活梳理的更美，久而久之，他們就會刻意放慢自己的生活節奏，在這些窗臺下面，兩側各種各樣的店鋪，一直通向遠方，直達溫泉河谷的深處。

漫步在捷普拉河畔，你會有一種忘記煩惱與痛苦的錯覺，這會引導你一直走下去，根本不會去考慮前面還有多遠，生活中還有多少苦痛。這是一座悠閒的城市，它悠閒到讓你覺得，人活一輩子，本該如此，出了這座山谷，彷彿那都不叫人生。

卡羅維發利沒有書店，這是一件讓人覺得特別遺憾的事情，所以，這裡的咖啡廳與商店，都有些慵懶，甚至慵懶到你覺得連閱讀都是一件很辛苦的事情。在這條街道上，最多的商店當然是賣溫泉杯的，其餘的幾家，要麼出售昂貴的石榴石首飾，要麼出售品牌無名但卻昂貴異常的日常服飾。

溫泉杯是這裡的特產，看過電影《布拉格之戀》的觀眾大概都不會忘記，裡面就有一個貴婦，手持一隻水杯，用水杯尾部延伸出的陶瓷管子，品味從管子裡吸出的溫泉水。這個物件，便叫溫泉杯，世界上有溫泉的地方很多，譬如日本、丹麥，以及中國各地，但溫泉杯僅此處售賣，全球獨此一家，別無分號，這便是卡羅維發利溫泉的特點所在。

卡羅維發利的溫泉，發源於所毗鄰的波蘭，其鹽分含量居於世界諸溫泉之翹楚，即卡斯巴爾德鹽，據說此類鹽被提純出來之後，可以用來做瀉藥，當然這只是西藥早期時的替代品，現在這類鹽的提純早已無人為之，取而代之的是一些合成藥劑。但卡羅維發利溫泉對於腸胃的特殊療效卻一直為世人所稱道，我們還未見到溫泉時，當地的朋友便鼓動我們買溫泉杯。

「直接找個瓶子裝著喝不行嗎？」

坦率地說，我對於旅遊景區所有的「特產」都有點不屑一顧，更何況不遠萬里我要從捷克的偏僻小鎮背著兩隻這樣外貌古怪且非常脆弱的瓷器回家，這讓我徒增不少負擔，我當然拒絕。

「這玩意只有這裡才有，而且這裡的溫泉溫度高，味道濃，你只有用溫泉杯喝。」

我仔細一看，來來往往的人，每個人拿著一隻溫泉杯，我要是兩手空空，好像還真有點格格不入。

溫泉杯價格很低，幾十克朗便可買到，但做工普遍粗糙，這頗令人費解，店主介紹，許多歐洲人都喜歡來此度假，來時兩手空空，走時也不會將溫泉杯帶走，這些東西，多半都是一次性，所以旨在圖個實用，做工不講究。

我向來喜歡貓，所以和妻買了兩隻小貓的溫泉杯，小貓形態妖嬈，長尾曲身，全身上下都是冰裂紋，這本是中國傳統製陶工藝，傳到東歐之後，竟然變成了波西米亞風格，仔細一看，色彩混搭，錯落有致，也倒符合冰裂紋的特色。

售賣溫泉杯的小店裡擁擠不堪，看來我選對了地方。許多遊客不圖樣子，拿了就走。我倒是好奇於貨架上另一只簡單的玻璃酒杯，其實就是一件普通的威士卡杯，但上面有五種刻度。最底下一層是畫著方向盤的標誌，與杯底平齊，往上一格是高跟鞋標誌，再往上一格是一隻煙斗，煙斗以上便是帆船，帆船往上，杯頂邊沿還有最後一格，畫著一頭豬。

明眼人一眼便可看出，這是適應於不同人的酒量，方向盤意味著司機，按照歐盟法律，從事駕駛的司機是絕對不可以飲酒的，而女士則是一點點酒量，男士可以略高於女士，但是不足以半杯，至於帆船，則是善飲的水手，水手在風浪間討生活，酒量自然高於常人，若是飲酒滿杯，那便淪為彘類了。

這種飲酒風格，與中國傳統酒文化大相徑庭，在中國的酒桌上，多半烈酒要斟滿——且不說在歐洲威士卡需要調製的，然後必須要一口乾掉。這樣「痛飲」的方式，在捷克人看來，便是豬。難怪許多外國遊客，到了中國之後，最害怕在酒桌上與中國人「乾杯」，從滿到乾的須臾之間，不曉得多少飲酒者心口疼、嗓子痛，但卻依然擺出一副「感情深」的樣子，抬手，微笑，舉杯，仰脖，還將杯口倒置，以示自己的坦誠。殊不知，餐飲首先是讓生活快樂的，若是糟蹋健康則是本末倒置。因此，中國美食文化源遠流長，但未必比西方人更多參透餐桌上的精神。

近年來，一部《舌尖上的中國》引爆海峽兩岸甚至世界華人圈，但我在布拉格一路所感受到的，卻是西式美食所帶來的快樂。捷克的西餐，與北歐、美國的西餐不同，它是一種寬鬆、自由的餐飲方式，捷克人口味重，菜品偏鹹，因此啤酒與紅茶的需求量也比其他樣式的西餐要多出不少，啤酒和紅茶會讓就餐的人不自覺地產生一種儀式的距離感，因而在體會捷克西餐的過程中，總是有令人覺得恰到好處、拿捏分寸的美妙。

捷克人善飲酒，尤其愛喝啤酒，如捷克兩大工業城市皮爾森（Pilzen）和百威（Budjovice）

皆因釀啤酒而聞名，但可惜的是，前者的釀造技術被德國人偷學了去，至今人們依然認為皮爾森啤酒乃是德國大牌，而百威更是成為美國知名啤酒商的注冊商標，捷克人容易被欺負且安於不計較之心態，由此可見一般。

但在捷克人的餐桌上，就彷彿如這畫著豬頭的威士卡杯一般，彼此禮讓，點到為止，大家都頗具紳士名媛風度，既無座次之煩心，亦沒敬酒之勞神。因此，在卡羅維發利的一間小地下室改成的西餐廳裡，我第一次感覺到了捷克的另一種自由。

從售賣溫泉杯的店鋪出發，順路而上，便是午餐的所在地，是一棟充滿田園風情的小屋子，一走進去便可嗅到咖啡粉與威士卡氤氳著的香氣。再往下走，便宛如走進一座有年頭的酒窖，一座吧台精緻而又充滿溫暖，倒掛著的玻璃杯，滲透出一片暖黃色的光澤。

一位石膏製的胖大廚站在吧臺上，笑臉迎接我們到來。我走過去仔細一看，大廚身上有一道深深的裂紋，就在背後，我很驚訝，老闆走過來告訴我，這個胖大廚的年份，大約等於這家餐廳的年份。

「那是哪一年？」我問。

「一九五三年。」

我愣了一下，仔細一瞅整個餐廳的裝修，果然充滿了上個世紀的「紅色波西米亞」的氣息，整個屋子的色調是昏黃色的，黃色的燈、黃色的木質傢俱，包括一瓶瓶的威士卡，這樣溫暖、安靜的氛圍，包裹的恰似屬於每一個就餐者的私人空間。

而且，它一點都沒有經受過政變、解體的傷害，並保留了上個世紀四十年代的一切特色——而且，這都不是刻意做舊而為之的虛設，而是一種來自於骨子裡最日常的生活真實。彷彿從「布拉格之春」到哈威爾上臺這些在人類文明史上留下痕跡的事情，都與這家小餐廳無關。

這太像捷克人的性格了，溫和如水，縱然風捲浪起，但最終依然歸於平靜。

玉米蔬菜奶油湯、煎牛排、紅酒，次第一一呈上，優雅的服務員，略帶一點東歐人的矜持，經歷了政治巨變與民族復興的東歐人，骨子裡都有一點點慵懶與自負，但卻不讓人覺得難以接受。開桌吃飯時，餐廳裡極其安靜，靜謐到使我手足無措。

習慣了熱鬧的中國人，到了東歐，忽然一下子發現之前的熱情都失去了重量。原來，人類的文明並不在觥籌交錯間。說實話，卡羅維發利的牛排是我多年來吃過味道最好的牛排，比起香港某些掛著米其林（Michelin）星級餐廳的牛排，要好吃許多。

也許是我孤陋寡聞，迄今為止，我尚未見到有任何美食家品鑒過捷克的牛排，不過在此我倒是非常願意向大家推薦這樣一種難得的美味。捷克人口味重早已是不爭的事實，但無論是大有名氣的布拉格煙熏肉，還是街邊看似粗獷但卻香氣四溢的烤肘子，在我看來，都敵不過捷克牛排的誘惑。

恐怕由於卡羅維發利附近丘陵草地較多的緣故，牧場充足，泉水豐沛，使得這裡的牛羊幾乎處於無公害情況下繁衍生息，因此，該地牛排雖鮮嫩但富於嚼勁，再加上一種特製的濃香醬汁，滲透到牛排的肌理當中，一旦揭蓋，一陣奇香噴鼻，不得不令人食指大動。

在一間有著半個世紀歷史的老屋子裡，享受著美味的牛排，這不得不說是一種享受。品嚐牛排時，我仔細打量了一下這間小餐廳，雖然老舊，但卻特色十足。且不說其菜品頗具特色，僅就環境來說，真也別具一格。

我背後的牆上就陳設著許多與狩獵有關的器具，牆上掛著一張獸皮，據說是獾的皮毛，仔細一看，時間相當久遠，可見該獾雖不幸斃命於獵槍之下，但早已往生多年，一杆獵槍不偏不倚地掛在我背後的正上方——不知道是否它就是索命的罪魁禍首？仔細一看，也有約莫六七十年的歷史。

我相信，此時此刻的卡羅維發利，早已不具備任何的狩獵要素，在從布拉格過來的田間小路中，我不斷地發現有各種各樣的野鹿、牛羊等牲畜攔路，司機也很機靈地從這些動物的身後繞過，而且不閃燈也不鳴笛，動物保護以及對待野生動物的福利，早已深入到歐洲人的內心。

在這樣的一片地區，看到一把老舊的獵槍，會有什麼感覺呢？

這種感覺很奇妙，就像你在一個中立國，忽然看到了一台報廢的坦克，那麼這只能證明，它在訴說著什麼，而不會預言著戰爭與血腥，同樣，在叢林密佈、人居和諧的溫泉山谷裡，這隻獵槍，彷彿也在告訴我什麼。

與店主攀談，才知道，卡羅維發利其實就是一座與狩獵有關的小城。所謂紀念查理四世，是因查理四世在此打獵時，追趕一頭小鹿，臨近懸崖時，小鹿跳崖自盡，查理四世卻在鹿死之地發現了溫泉，便為之取名卡羅維發利，這與美國總統希歐多爾•羅斯福（Theodore Roosevelt，Jr.）獵熊時的傳奇幾乎如出一轍，前者讓泉城卡羅維發利廣為人知，後者則催生了著名的泰迪熊

（Teddy），所謂泰迪便是老羅斯福的小名。

君主狩獵，總能有各種各樣的傳奇，這種奇聞在中國也不少見。但據說在查理四世之後，這裡便成為了平民百姓的狩獵區，並非君王秋狩之地。時進日久，上世紀四十年代之後，該地溫泉受到了一定程度上的破壞，水質下降，遊客減少，許多人究其原因，才知曉乃是狩獵破壞了生態平衡，此地遂不准再有狩獵，因此，我們所看到的這些獸皮與獵槍，都與這小餐館年份相當。

再細緻一看，這家餐館陳設的都是老物件，是名副其實的老字號。以前我就聽說過，捷克人講究實效，崇尚環保，許多店鋪開了幾十年都不裝修，有的甚至恍如古董店——這些我在其後的旅行中果然都一一邂逅，在卡羅維發利這間狹小的餐廳裡，我倒真的是初見。

「我們這餐廳，從來不翻修。」臨別前，一位服務員對我介紹，「難道你不覺得這種感覺很好嗎？」

豈止是很好？我差點想對他說，我已經迷戀上這個地方了。

有人說，歐洲人普遍戀舊，因為這是一片有著傳統底蘊的土地，所以古建築、紳士風度、老派行頭，在歐陸隨處可見，算不得什麼新聞，這倒是讓我們這些來自於文明古國的人汗顏。當然，我們也不乏一些所謂的做舊與偽紳士風度，以為舉杯紅酒就是紳士淑女了，殊不知昔日魯迅翁早有「假古董裡放出的假毫光」之名言，用在時下一些國人的身上，倒也貼切。

從小飯館出來，發現正豔陽高照。亦師亦友的趙毅衡教授曾有云：來到歐洲，時間都會變慢。我想，趙老這句話若是被刻在這家飯館的門口，豈不是十分貼切？

卡羅維發利景色

小餐廳裡的胖大廚

七、在卡羅維發利
遇見德沃夏克

我曾不止在一個地方享受過溫泉帶來的愜意與快感，但卻從未直接品嚐溫泉水。在卡羅維發利，泡溫泉的人少，喝溫泉的人多，因為這裡的溫泉鹽鹼含量極高，根本沒法泡，如果弄到頭髮上，非常難以洗掉。

從小餐館出來不遠，抵達一座現代感的大廳，這個大廳就是著名的熱泉長廊（Thermal Spring Colonnade），裡面就是卡城的標誌——弗日德羅（Vridro）噴射溫泉，該溫泉坐落於一座泉池之中，噴射起來可達八九米之高，令人驚訝且嘆服大自然的雄壯之力。

視線穿過溫泉的噴霧，便可以看到一片非常典型且開闊的新文藝復興風格的柱廊——這個柱廊有三個小柱廊組成，其一是德沃夏克長廊，其二是姆林斯卡柱廊，其三是索多瓦柱廊，其中，姆林斯卡柱廊是最為壯觀的柱廊，其設計師約瑟夫・齊特克乃是布拉格民族劇院（Narodni divadio）的設計者，因此這條柱廊也延續了新古典主義的壯觀與崇高感，整體顏色為淡黃色，上至石膏製天頂，下達大理石地面，間距二十米左右，以及周遭數十根碩大的立柱，皆為鵝黃，這種刻意營造出的莊嚴與肅穆，令人不得不舉頭仰視。

據說，這迴廊便是舉辦卡斯巴爾德國際電影節的所在，而且該地還經常舉辦「卡羅維發利音樂節」，卡城雖然偏居山谷一隅，但文化藝術氛圍濃厚，這氛圍也養了這迴廊裡的大小石雕，使其有生命長青之感。

帶路的朋友講，這個地方不知道來了多少知名的音樂家，也不知道這些音樂家在這裡舉辦過多少次音樂會，這裡每一根廊柱，都受了幾百年的音樂薰陶，因此用「餘音繞柱」來形容這些柱子，毫不過分。

這樣享受音樂薰陶的柱子，又能體味到溫泉的充盈，這該是一件多麼幸福的事情呢？

溫泉池就在柱廊裡，我用溫泉杯接了一杯，發現味道苦鹹，甚至讓人懷疑，這溫泉的地下水管是否已經生了鏽？或是自己的口腔裡，是否在出血？

因為這種味道，實在太怪異了！

我在捷克的所有日子裡，幾乎都在飲用礦泉水，因為前面有講過，捷克的超市裡根本不販售中國才有的「純淨水」，在歐洲人看來，所謂純淨水，便是家中水龍頭裡湧出來的直飲水。商店裡唯有售賣礦泉水，才可顯示出水的不同。但奇怪的是，捷克超市中售賣的礦泉水基本上都味道可口，緣何卡羅維發利的礦泉水，味道如此奇怪？

朋友解釋，卡羅維發利的礦泉水，在全世界來講，鹽鹼含量都算超標，因此這也是它必須要使用溫泉杯啜飲的緣故，如若用大杯牛飲，就算放置冷卻，也會刺激腸胃。但是小口啜飲卻能將這種刺激降到最小，這種泉水，只有適量飲用才有益於健康。我低頭一看，巴羅克風格的水池裡，層層疊疊都是褐黃色的水垢。有些水垢恐怕已經有了數十釐米的厚度，若沒有幾百年的積澱，何以至此？

我試著小口啜飲，自覺能夠下嚥，妻也覺得味道還行，在寬廣的迴廊裡，品嚐這樣奇特的味道，也未嘗不是一種全新的生命體驗。我不知道歌德、馬克思與昆德拉在品啜這味道時，會有什麼樣的感受，但我確信，這樣對味蕾的奇異刺激，勢必產生藝術靈感。

索多瓦迴廊銜接了德沃夏克柱廊與姆斯林卡柱廊，使得整個溫泉區產生了一種移步換景的錯落之美。索多瓦迴廊的旁邊，便是一排漂亮精緻的小樓房。

我不清楚這些樓房的建造年份，但我能看出，這是德式的風格，簡約大器，但又不失細膩，淺紅和淺黃恰到好處地勾勒出了整座建築的外形。這種風格幾乎貫穿了整個卡羅維發利，與在布拉格看到的恢宏雄壯不同，德式建築是一種沁人心脾的婉約。如果說，「金色布拉格」是「大江東去」的話，那麼卡羅維發利就應該是「小橋流水」了。

精雕細琢的金屬欄杆，窗子與窗子之間矗立著精緻的神聖羅馬帝國風格的雕塑，一根根筆直的羅馬柱中規中矩地鑲嵌在窗子的兩側，新古典主義的精髓淋漓盡致。再看窗臺上盛開的密蘿松，整座城市的情懷，皆在這絲絲入扣的細節當中。

一樓照樣是一些精緻的小店鋪，陳設著昂貴的手勢與擺件，客人稀少，看來超出了人們預計的性價比，這樣的商品在奢侈品雲集的地方也鮮有人問津。但這並不妨礙整片建築的審美風格，因為這些建築連同他們的店鋪，都有著至少幾個世紀的歷史。

從這樣一片精緻秀美的街區往前延伸，就到了德沃夏克長廊，不用說，這是為了紀念捷克民族音樂之父德沃夏克。可以這樣說，在我所見的歐式迴廊中，沒有哪個迴廊比德沃夏克長廊更別緻，細緻的雕花廊柱，配合以新古典主義的圓拱，恰到好處地表現出了十九世紀八十年代的繁華與細膩。

在德沃夏克長廊中，所有的廊柱都是金屬製作，外面塗上白顏色的油漆，與天穹圓拱的顏色一致，與先前的長廊相似的是，德沃夏克長廊裡也設有溫泉噴嘴，但這溫泉噴嘴卻非粗獷的巴羅克式，而是一條妖嬈的銅蛇，滾熱的泉水，由蛇嘴裡汩汩吐出，但不同之處在於，德沃夏克長廊充滿了新古典主義的氣質，而且還將波西米亞風格細膩的蕾絲元素與風格的混搭展現的淋漓極致。設計師彷彿用一種屬於自己的方式，向捷克民族中這位偉大的音樂大師致敬。

德沃夏克的《自新大陸交響曲》是歐洲近世音樂史上極其重要的作品之一，這一點早為音樂研究者所公認，尤其其《第九交響曲》，更是影響了一九四九年之後中國大陸一大批作曲家。與斯美塔那不同，德沃夏克的作曲風格延續了從巴赫到柏遼茲的古典主義風格，多元而又雄壯，尤其擅長創作田園風格與進行曲相結合的旋律，其中既有現代主義的風格，也蘊含著捷克族精神的傳達。曾經有音樂評論者稱，德沃夏克的交響樂是考驗一個樂團的測試器，因為演奏德沃夏克的曲子，不但要講配合，更重要在於低音聲部多，大提琴、抱式大號等笨重樂器都要拿上來，時常一曲終畢，演奏者們都氣喘吁吁、累不可支。

因此，對於任何一個聽眾——哪怕對音樂一竅不通者而言，德沃夏克的作品都具備無以倫比的感染力與穿透力。

但有趣的是，從德沃夏克長廊出來，我並未感受到德沃夏克的雄渾、悲愴與壯闊，相反，這種近似於女性的細膩與溫婉讓我幾乎忘卻了這間長廊的名字。是的，它叫德沃夏克，它與一位極具男性氣質的作曲家有關。

長廊的盡頭，我看到一片鬱鬱蔥蔥的草地，數百隻鴿子在草地上展翅欲飛，有的爬到白色的靠椅上撲騰，遠處一尊銅像掩映在樹叢中，我仔細一看，正是德沃夏克。看來，這片草坪，連同銅像以及那曼妙的德沃夏克長廊，都算是捷克聲名遠播的「德沃夏克公園」了。

捷克人普遍熱愛音樂，不只是他們本民族出了德沃夏克、斯美塔那兩位世界級分量的音樂家，更重要的是，整個捷克民族彷彿融入了音樂的血液，在他們看來，音樂與氧氣、水分與麵包一樣，乃是人類生活不可或缺的東西。因此，載歌載舞的捷克人，他們比任何人都懂得生活的樂趣在哪裡。

德沃夏克花園很典雅，一派歐式花園的派頭，三三兩兩度假的人群，懶散地靠在椅子上，悠閒地感受著陽光，這種感覺在中國很難遇到。高福利的捷克，總是會滋生出一些優雅的閒人。我與妻也找了一張靠椅坐下，身旁便是一對夫妻帶著一個孩子。

聽口音，夫妻倆來自德國，而小傢伙不過兩歲左右的樣子。陽光傾灑在一家三口的身上，遠處層林盡染，煞是好看。此時，一群鴿子揮舞著翅膀疾迅而來。小傢伙驚恐不已，竟從襁褓車中勉強站起，鴿子們不退反進，嚇了小傢伙一跳。

有鴿子乾脆飛到襁褓車的邊緣，母親微笑，讓孩子拿出一種特殊的餅乾，掰碎來餵鴿子，鴿子啄了小傢伙的手，小傢伙不肯再餵，父親又走過來，鼓勵孩子去觸摸鴿子的長羽毛。小傢伙若有所思地撫摸了一下離他最近的那隻鴿子。

在香港、臺北與歐洲的機場，我總能看到年輕的媽媽——當然都是歐美人士，她們都會對待自己的孩子如同洋娃娃一般，近似於馬虎地處理它的衣食住行，哪怕孩子跌倒，他們也不會扶起來，有些小傢伙在地上發出撕心裂肺的哭聲，媽媽都懶得去看一下。

當我回到大陸時，我把我的所見所聞告訴了一位剛剛做母親的朋友，結果迎來的卻是她的驚呼。

「她竟然會讓一個粉嫩的寶寶去觸摸鴿子的羽毛？把這根羽毛放到顯微鏡下去看，不知道多少個細菌！這些細菌若是被孩子吃到肚子裡去，後果太不可想像了！……」

這種邏輯，我相信在每一個中國媽媽的心裡都會存在，並且會一直持續存在。這是一種民族的集體潛意識，更是一種對待下一代的思想觀念。我們總怕自己的孩子摔跤、受傷，甚至割裂了他們和大自然以及人群的接觸，這種割裂實際上只考慮了孩子的身體健康，而忽視了他們的精神世界。

在捷克，我遇到最多的旅行群體，是爸爸媽媽帶著一個還在襁褓中的嬰兒，有的孩子被放置在簡易的襁褓車裡，有的甚至直接放在口袋裡，而口袋又固定在爸爸的胸口，遠看猶如袋鼠爸爸，煞是可愛。但可惜的是，這種風景在中國大陸卻很難遇見。

人與自然的關係，本身就應是如此和諧的。在歐洲，我初次讀到了人與自然的深度和諧，人可以以任何卸下防備的形式來親近自然，包括初生的小生命，當人類擁抱自然的時候，他一定能收穫的是溫暖，而不是傷害。

這時，一群小鴿子飛到了小傢伙的身旁，小傢伙用稚嫩單純的眼神，打量著這些會飛翔的生命，我不知道，在成人的世界裡，大自然裡的弱小生命究竟是怎樣的？但是我知道，在孩童眼裡，一切的生命，都值得親近，哪怕會讓他們產生短暫的恐懼。

在孩童的襁褓車後面，就是德沃夏克的雕像，音樂家悲憫而又仁慈地凝視著來來往往的遊人。

我抵達卡羅維發利的那天，恰是一個陽光明媚的夏季，我所喜愛的哲人毛姆（William Somerset Maugham）說過，陽光午後是最適合品飲下午茶的光景。

可惜在卡羅維發利，迎接我的是溫泉水，而不是下午茶。

但是由於這明媚的陽光，眼前層林盡染的景致，宛若一幅北歐風格的油畫，再加上這歐洲大陸的乾燥氣息，使得空氣乾燥，連細小的塵埃都清晰可見。

正因這無垠的清澈，使我一眼看到了在德沃夏克身後的一個奇怪的物體，它是一棟大樓。

公正地說，這樣一棟風格奇怪的大樓，矗立在這樣一座夢迴中世紀的小城裡，實在是有些格格不入，我不知道當時的設計師究竟是出於何種目的，在卡羅維發利的城區中間豎起這樣一棟建築？

這樣的樓，我見得太多，甚至苛刻點兒說，我就是在這樣的樓裡出生的。

我不知道在當代建築學裡，這些建築屬於什麼流派，我唯一知道的是，這些用水泥搭建、外面被深色玻璃鑲嵌的長方形高大建築體，在前蘇聯、東歐、上個世紀中國與朝鮮等所有社會主義國家，都曾密集地存在過。

這類建築的功能性遮蓋了其審美價值，因此，蓋這種房子不需要想像力，嚴格意義上說，它並不算是史達林式建築（Stalinist architecture）的延續——至少史達林式建築還表現出了恢宏的新古典主義與精緻的裝飾主義藝術氣質，但這類呆板、高大並只考慮容納量的房屋，彷彿反映了那個時代對於人類思考能力與歷史傳統的閹割。在這裡，我姑且稱其為「社會主義建築」。

那棟樓，呆呆地矗立在那裡近半個世紀，據說它就是「卡斯巴爾德國際電影節」籌委會的所在地，現在被稱之為「電影大樓」。

在整個捷克，從布拉格、皮爾森到卡羅維發利，我沿途可以看到很多社會主義建築，彷彿一下子回到了上個世紀八十年代的中國，但是與中國不同，這些現在看起來毫無審美特性的樓房在一九九〇年之後並沒有被拆除掉，相反，部分破損老舊的鋁合金框架與玻璃還被「修舊如舊」，當作歷史建築來善待。

因此，在捷克的旅途中，我總是能看到各種各樣的古城堡、老教堂、巴羅克公寓與整齊劃一的社會主義建築共處一區，這實在是有點混搭。當地朋友介紹，那些看起來半舊不新的社會主義建築都是當年的工人村、大學宿舍、政府辦公樓與軍營，隨著一九九〇年捷克斯洛伐克的解體，現在有的廢物利用了；譬如我在布拉格住的酒店便是當年工人村的一所老公寓，但現在已經是一家頗具規模的連鎖酒店。有些建築雖然空閒，但未拆除，而是變成了文藝青年與街頭藝術家們的塗鴉牆與工作室。都說波西米亞是混搭的老祖宗，從這點來看，果然名不虛傳。

平心而論，這種混搭，並不難看。

我承認，初看德沃夏克的身後忽然冒出這樣一棟建築，真的讓我有點無法接受，這就好比是你在香榭麗舍大街上忽然遇到一個穿著中世紀騎士服裝的法國人。在某種程度上講，這何止是混搭，這應該算是中國流行的「穿越」了。

但仔細一看，十九世紀的音樂大師與作為社會主義電影節的新建築，僅相距數百米之遙。這就是歷史的距離。

算一算，在德沃夏克往生之後沒有多久，布拉格就已「城頭變幻大王旗」了。豎起社會主義電影大樓的同時，作為「四舊」的德沃夏克銅像卻依然被保留，一棟棟的工人村拔地而起，睥睨著城區內看似矮小的老建築，這種睥睨恰恰反映了在不同的歷史之間所形成的隔閡，傳統與現代、君主與共和，各類意識形態交叉到了一起，變成了捷克各種各樣的建築群。

這樣的建築群其實很美，甚至從某個角度來看，正反映了捷克人所熱愛的波西米亞風情。在捷克人的精神世界中，很多東西都是多元的：資本主義可以和社會主義交叉存在，古典主義能夠與巴羅克風格熔於一爐；用波西米亞藝術風格的眼光看，但凡存在的歷史，即為合理，可在他們的骨子裡，卻有一種厚實的人文精神與宗教傳統，這是老祖宗一代代積澱下來的，他們捨不得拋棄，有時候，這些意識還能繼續主宰他們的決定。

我信步走到電影大樓下，再回望那片鬱鬱蔥蔥的德沃夏克公園，果然有一種回首洞穿歷史的錯覺。我看到的是德沃夏克的背影，再遠一點，就是我走過的那些老房子、老長廊，遠處的山峰，隱隱綽綽。

由於是假期，電影大樓大門緊鎖，門口有幾個小亭子，售賣礦泉水與一些旅遊用品，其中也包括溫泉餅，就是剛才那個小傢伙餵鴿子的餅乾。

人類是飲食的動物，這是人的動物性，都說鳥為食亡，其實人也亦然。因此，人類進化到了互聯網時代，關於一個地方的特色，還是食物，所以才會有《舌尖上的中國》這樣的文字大行其道；我們在捷克亦是吃了一路，到了卡羅維發利，聽講最著名的食品就是溫泉餅。

但一品嚐，卻發現溫泉餅不過是徒有虛名而已。因為這種夾著甜芯的餅，在世界各地都能吃到，說直接點，有點像北京的茯苓餅，薄皮甜餡，入口即溶。

當然，也許我無法用更為詳盡的筆墨來描述「溫泉餅」的味道，它太熟悉了，熟悉到我不只在北京，甚至在雲南、四川、香港，都曾品嚐過非常近似的甜品，因此我一直對於這類「餅食」覺得非常詫異，畢竟它不屬於中餐，也不屬於西餐，但它卻能夠在中國與西方的不同地區作為「特產食品」而存在。甚至在遙遠且偏僻的卡羅維發利，都可以吃到。

就在我有這樣想法的時候，不知不覺間，忽然走到了一座古羅馬風格的大樓前，目測這棟大樓年份早已超過百年，現在是卡羅維發利當地的最好的酒店，門前三三兩兩的食客，正在悠閒地呷著咖啡，不遠處，有一座尖頂碑，據說是紀念黑死病死者的，這種碑在歐洲不少見，只是當年黑死病給歐洲人帶來的恐懼感早已散去。現在講情調、懂生活的歐洲人，心中對於瘟疫、戰爭的恐慌，幾乎不復存在。

就在紀念碑旁，我發現一座有些斑駁的石橋，顯然這座橋已經有了不少於一個世紀的年頭，橋墩上佈滿青苔，石板早已老舊。一群鴿子突然飛到了我的面前，久不肯離。

「把這餵了鴿子吧？」妻子掏出背包裡的一塊餅乾，是我們從中國一路帶過來的。

我把包裝拆開，將餅乾掰碎，托在手掌中，意圖吸引鴿子過來，但鴿子過來看了看，又飛掉了，我疑心鴿子是不是擔心我會傷害它們，爾後我又將碎餅乾扔到了地上，鴿子依舊無動於衷。

忽然間，我決定將剛買到的溫泉餅用來餵鴿子，當我拿出一塊溫泉餅時，竟然有幾隻鴿子在用靈巧的眼神看著我，我迅速地把溫泉餅撕成小碎片，轉眼間，一大群鴿子圍了上來。

我蹲下來，把小片的溫泉餅放在手掌心，鴿子們飛躍地過來啄食，還有一些小鴿子索性停留在我的膝蓋上，伸長了自己的身體，把頭探進我的手掌心。

「原來這裡的鴿子還挑食！」我有點驚訝，卡羅維發利的鴿子不吃陌生的食品，它們唯一熱愛的，竟然是這裡產出多年的溫泉餅。

德沃夏克雕塑

小傢伙餵鴿子

八、博物館之美

人的舌頭是非常簡陋、低端的氣味鑑別工具，幼時我們讀古章回小說，裡面總有這樣的橋段：主人意外收到一盒食品，正欲打開吃的時候，家中的狗卻阻止主人，主人大怒，狗也大怒，然後狗兒跳上桌案，將食品吃掉一口，主人更怒，結果狗兒倒地盤旋，嗚嗚幾聲之後，吐血而死，主人大慟，遂厚葬「義犬」。

這種橋段，無非盛讚了犬類對於主人的忠誠。「事君者，當以犬侍主之事。」這大抵是小說家寫作的意圖所在。但現代醫學研究也表明，人類的味覺、嗅覺乃至視覺確實不如動物，譬如卡羅維發利的鴿子，它就能選擇自己熱愛的食物，而我們人類對於食物的分辨，卻遠不如這些鳥獸。但人類與動物的區別，在於人類精神的愉悅，而不是口腹的滿足。否則古人定不會有「寧可食無肉，不可居無竹」的感歎了。

與卡羅維發利的鴿子相揖別之後，我發現，街邊有一個陳列櫃櫥，裡面是一顆怪異的骷髏頭。如果說看到那棟呆板矗立的電影大樓是一種不太協調的話，那麼這顆怪異的骷髏頭之於我而言，就是一種奇異的穿透力了。與捷克的其他城市相比，卡羅維發利是安靜、和諧的，在捷克隨處可以見到的中世紀地牢，在卡羅維發利你看不到，在布拉格習以為常的政治標語的痕跡與各種各樣的紀念牌，在卡羅維發利看似也與這些無關。

這種灑脫的態度，使我覺得這座城市有一種世外桃源的錯覺。從沙皇到德國皇帝從馬克思到歌德，卡羅維發利以它獨有的溫暖與包容，為這些改變歷史的偉人提供了休養生息的場所，甚至在昆德拉的筆下，這座城市還是一對情人邂逅的所在。所以，這樣一顆骷髏頭在這裡出現，一定不會與對暴政、獨裁或戰爭的批判有關。

這顆骷髏頭的頂部被插滿了羽毛，還做了一些裝飾，仔細一看，原來是一件後現代風格的藝術品，骷髏頭是用樹脂製造的，並且標明，由一位德國藝術家所創作。

在骷髏頭的左前方，有一排十九世紀的小樓，依然是簡約的德式風格，並且在一個樓梯下有一個指示牌：此處通往一家藝術館。而這藝術館正提供這位德國藝術家的作品展覽。

好奇心驅使我與妻一道，爬上二樓，發現二樓有一個小的展廳，不收門票，展廳內佈滿了大大小小骷髏頭，這些骷髏頭都被弄成奇奇怪怪的造型，與街面上那隻大同小異，頗似非洲酋長。除此之外，還有一些印象派的油畫作品，看標籤才知道，油畫作者與骷髏頭的創作者是兩個人，二人為師徒關係，油畫作者為學生，本次展覽，是老師帶著學生出場的，而且明碼實價，這裡的藝術作品都可以出售。

二樓就我與妻兩個參觀者，我們正端詳其中最大的骷髏頭時，一位中年紳士不知什麼時候站到了我的身後，我還以為是畫家本人，沒想到，他是這兩位畫家的經紀人，也是這次活動的策展人。

他問我來自於哪裡，妻說，我們來自於中國。

「中國！」他很驚訝，「很遠的地方，可惜，我從未去過。」

「這些藝術品很美。」我告訴這位策展人，「我猜想，這位製作骷髏的畫家一定有在北非的生活經歷，因為裡面很多獨特的元素看起來與蘇丹、埃及有關。」

「先生，你說的太對了！」這位策展人有點興奮，「除了北非之外，這位藝術家他還去過南美、東南亞，以及南太平洋，他喜歡原始的藝術元素，認為人類文明最美的時代是在史前。」

「史前？」我反覆確認這個英文單詞，「prehistoric?」

「是的！就是史前！」這位策展人越說越興奮，他把雙手抱在懷裡，「先生，你難道沒有發現嗎？我們人類的歷史從來就不是真正的進化，你看，原始的東西多美，那些線條多麼有力，你永遠不清楚，在沒有現代工具的那個時代，先民們的精雕細刻是怎麼完成的，這多麼奇妙！」

我忽然又想到了與李金銓教授的對話，以及前些天在天文鐘下面的沉思。那些無聲的骷髏們，彷彿用最原始的方式在告訴我：我們處於一個最好的時代，也是一個最壞的時代。

從佈滿骷髏頭的藝術館走出去，外面陽光明媚。

此時正是下午四點一刻，整個卡羅維發利籠罩在一片夕陽之下，略帶金色的陽光，渲染了周遭的溫暖氣息。雲淡風輕，流水潺潺，我深深地呼吸了一口氣。

這時，不遠處貼在牆上的一張海報吸引了我，它告訴我，這裡還有一個精彩的展覽，離剛才那間小藝術館不遠。

二〇〇七年，我與作家魏明倫先生一道，參觀了中山的博物館，對於那些民間微型博物館感觸良多，認為一個城市的文化要發展，唯有師法歐洲，大力發展微型物館才是出路，譬如中山就是我發現有最多私人博物館的中國城市，當然這座城市的文化底蘊也很深厚。一週後，在香港粉嶺的寓所裡，我寫了一篇文章，就是講述我在中山的見聞。完稿後，我將這篇文章投給《作品》雜誌，當然裡面一些觀點與表述會讓其他的城市不太舒服，據說還一度引起編委會的爭議。後來作為責任編輯的作家盛可以女士力排眾議，拍板刊發了我這篇文章。

這篇文章，叫〈從博物館出發〉。

在卡羅維發利，我忽然也找到了當年在中山的感覺，中山的民間微型博物館，就是這樣隱藏於老房子的樓閣之中，不經意之間發現的美，才是人世間的大美。從一個小藝術館走出來，走進另一個小博物館，在尋找美的步伐中徜徉，才是對於生活的享受。

海報告訴我，這個展覽，是捷克知名攝影家紹代科（Jan Saudek）的作品展，這位攝影家以前做過多年記者，後來改行從事女性人體攝影，但卻不只是展現女性身體之美，而是保留了自己當年作為新聞人的犀利眼光，將每張照片都賦予了對經濟危機、環境污染、獨裁政權的深入批判。因此，這種人體攝影題材，對於女性身體美的追求退而求其次，甚至苛刻點兒說，裡面不少作品，都有點令人恐懼甚至驚悚。

先前我在中國只是聽說過這位攝影家的大名，並且知道除了一輛除了鈴鐺不響哪裡都響的「老坦克」和一架老式相機外，幾乎一無所有，但我卻未有機會觀賞過他的作品。正因此，所以我決定看看他的風格究竟為何樣。待走進展廳一看，果然大開眼界。作品的模特從十幾歲的少女到五六十歲的老嫗，都包括在內，拍攝場地卻基本上以地下室為主，女性的身體作為一種文化的表述工具，在這些作品裡被運用到了極致。

當然，這些作品直觀地看，你很難讀懂戰爭、環境破壞、政府貪腐與分配不公等世界性問題對於當代人的傷害。但是，這些作品卻可以給你一種感覺，有的是壓抑，有的是苦悶，有的甚至還是憤怒，這或許也是觀眾對於一些社會問題相雷同的感覺。

尋求這種感覺的共通，大概就是這位攝影師創作的初衷。我更驚訝的是，在這些照片的最下面，除卻攝影師的簽字之外，還有一些年份，如一九一〇、一九三九等等。

我不太明白這些年份的意義，因為有些照片看起來確實是有做舊的嫌疑，但也不至於遠至百年之前，而且這位攝影師風頭正健，屬於壯年，再怎麼也不可能拍出一九一〇年的照片。我心生疑竇，正巧門口有一個講解員，我只好向她諮詢這大概是怎麼回事。

「這只是一個玩笑。」講解員說，「你可以這樣理解。」

「除此之外呢？」我追問。

「我不知道怎麼向您解釋，您知道，在近現代歷史上，會有一些事件，和現代發生的事情是雷同的，比如說經濟危機，比如說戰爭。」這個年輕的解說員明顯是在尋找一種合適、簡單的解說方式想讓我明白這位攝影師的目的，但是她看似有點陷入「詞窮」的境地。

「借古諷今？」我腦海裡忽然出現了這四個字，然後這個成語迅速地被我說了出來，而且，關於「諷」，我還用了「satirize」這個單詞。

「太對了！」這個講解員有點激動，「就是借古諷今，我終於知道怎麼向其他的遊客介紹這個問題了！」

當我們參觀完展覽時，在出口，我發現了一塊簽字牆，上面有一些人名，粗略一看，以歐美人士居多。講解員為我與妻找到了一支簽字筆，我們找了一塊空白的地方，簽下了自己的名字。

簽字完畢之後，我一眼瞥到桌面上關於紹代科的人物介紹，拿過來一看才知道，他原本是猶太人，二戰時其父親全家遭到德軍的逮捕，除了其父之外，他的叔伯均遭到德軍的殺害，那時他才十歲不到。這種痛苦的記憶，當然會在這位攝影家的心底留下不可磨滅的烙印，因此，他喜愛在地下室創作出沉重主題的作品，也是情理之中的事。

轉身時發現身後有一扇窗，正對著卡羅維發利的接街道，窗臺一排老舊的防盜釘，在如血的殘陽下，閃爍出只有穿透歷史的物件才有的褐色光澤，而遠處的老建築，卻已模糊虛化。

後來，一位長期在捷克做外貿生意的朋友告訴我，像這樣的博物館，在卡羅維發利有很多，在捷克的其他城市也不少。在他看來，捷克是一個充滿藝術家與創作情思的國家，而這樣的小博物館正是這些藝術家們實現自身價值的好地方。

但是中國呢？

我相信，由於文化政策的原因，在中國大陸的每一座城市裡，都有自己的博物館，部分大一點的城市與好一點的大學，還有自己的美術館，前幾年這些場館也都對參觀者相繼免票，但每一個場館都是那樣的千篇一律，每一家博物館都帶有濃重的官方行政色彩，藝術一旦被蓋上了紅章印，就變得不那麼好玩與自由。

我先前之所以如是盛讚中山的博物館，是因為在這座城市裡，我能看到活躍的藝術家們與各種各樣的展覽。其實，藝術展覽根本不必居於廟堂，就算是處於草莽或江湖，也絲毫不能減損藝術家們的熱情與藝術自身的價值。因為人類創造出的藝術，向來就不是一個該富養的嬌小姐。

經濟越發展，藝術未必就越發達，這個規律不少人都明白。經濟與精神可以協調，這是許多政治家的夢想。但是人類的發展史早就告訴過我們，經濟建設必須先行，只有「倉廩足」了，才可以有前提談其他的東西，藝術發展慢一點不要緊。幾千年歐洲文明，有數的畫家、作家也就那麼幾位，很多事情可以靠抓效率來解決，唯獨文藝不行，它來自於民間，發展於民間，最終回歸於民間，要想讓文藝能夠有所發展，必須還得借助民間的力量。

我相信，卡羅維發利的小博物館大概也是需要幾十年甚至上百年的時間，才會吸引海外藝術家前來展覽的。

從文化的角度來講，捷克是一個頗為奇怪的國家，捷克人所認可的頂級大師，與我們這些外國人所認同的捷克文化大師，又截然不同。譬如對於中國人而言，米蘭・昆德拉乃是捷克最偉大的作家，但捷克人更認可的是卡夫卡；對於許多外國人而言，斯美塔那必定是捷克公認的音樂大師，但在卡羅維發利，卻看到了德沃夏克的紀念公園。

來捷克之前，我對捷克的美術史略有所知，中國的相關文獻介紹，在捷克，最著名的現代畫家應該是約瑟夫・馬內斯（Josef Manes）、彼得・帕榮道爾（Peter Brandel）和楊・庫帕茨基

（Jan Kupecky）等人，但我在捷克的街頭卻發現，上述幾位畫家的作品，幾乎可以用「遍尋不見」來形容。取而代之滿街都是一位作家的作品，被製作成為明信片、畫冊、郵票甚至印刷在文化衫、筆袋上，用廣東話講就是「火到爆」。

這位「火到爆」的捷克畫家，名字叫「穆漢」（Alphonse Maria Mucha）。

在卡羅維發利一家小書店裡，我與妻同時被這位畫家的作品集所吸引，其下筆之老到，透視感之強烈，線條之簡潔流暢，色彩的使用亦令人賞心悅目，他的美術創作，不止是審美作用。便詢問售書的小女孩，此人為何人？

「穆漢。」小女孩說。

這個名字對於我而言，是如此的陌生，但是他的作品，看似又是這樣的熟悉，好像我在哪裡見過似的。我絞盡腦汁，實在不知道這位「穆漢」究竟是何方大神，可以在捷克火遍街頭巷尾。售書的小女孩很自豪地告訴我，「『穆漢』是我們捷克的國寶級畫家！」

能被普通老百姓稱得上是國寶級，那麼他一定是響噹噹的了。

「在布拉格，還有他的美術館。」這個小女孩彷彿為自己的宣傳很得意，「他已經去世了，但是他很偉大。」

我記住了這個發音：穆漢。也記住了他的名字：Mucha。

回國之後，偶然在一篇美術評論中，我讀到了這樣一段話：

穆夏（Mucha）與他所屬的新藝術運動一樣，他的名字在今天的中國幾乎已被完全遺忘。在《中國大百科全書・美術卷》中找不到他的名字，而從網上對他名字五花八門的翻譯就可以看出對於中國人來說，他的名字是多麼陌生：姆佳、慕克、米哈、穆恰……

穆夏的創作經歷幾乎就是「新藝術運動」的一個縮影，他的創作涵蓋了招貼畫、油畫、雕塑、書籍插圖、建築設計、室內裝飾、首飾設計、彩色玻璃窗畫等許多藝術領域，還包括傢俱和咖啡壺等日用品的設計以及大量的商品包裝畫。而其中他那些被稱為「穆夏風格」的招貼畫展現了成熟的追求極端唯美的新藝術曲線裝飾風格，幾乎成為新藝術招貼畫的同義詞……看過穆夏的作品，你就會明白解放前流行上海灘的美女月份牌和日本漫畫中甜美的女性形象是從什麼源頭而來的了。

這樣一段話，讓我興奮，也讓我有點惋惜，興奮在於，我與妻並未考慮價格，當時迅速地買下了穆漢的這本書——在這裡，我還是叫他穆漢吧！惋惜就是迫於時間，沒有機會能夠去一下在布拉格的穆漢博物館。

說穆漢，我確實不太熟悉，但說新藝術運動，我卻熟悉到骨子裡。如果沒有新藝術運動暨起來的埃菲爾鐵塔，就不會有後來的現代主義藝術運動與裝飾主義運動，而穆漢對於日常生活工藝美術的開拓性貢獻，卻為許多人所忽視。而我當初在進行裝飾藝術運動與中國現代文學關係的研究時，卻忽略了穆漢帶給這場運動的決定性影響，現在想來，丟失了這一課，實在是大不應該。

捷克人喜歡穆漢，並非完全因為穆漢對於世界藝術史的卓著貢獻，而是因為他確實對於捷克民族的文藝有著最為深沉、熱忱的愛。一九一〇年，這位贏得了世界知名度的畫家由於對祖國的熱愛，回到了捷克斯洛伐克共和國，正是因為他的這次選擇，使得他在一九三九年成為了德軍的俘虜。

「我們不喜歡更不豔羨所謂的流亡者、叛逃者，我們欣賞對民族最真摯的熱愛者，無論是戰亂還是苦痛，他們都會毫不猶豫地與自己的民族在一起。」當地接待我們的捷克本地朋友如是對我說。

在電影《布拉格之戀》裡，兩位在鄰國已經獲得自由的情侶，最終還是義無反顧地回到了滿城戒嚴的布拉格，這大概是捷克人心中真正的英雄——儘管他們出自於捷克人並不看好的作家米蘭・昆德拉筆下。

捷克人有一個全民偶像，叫好兵帥克（The Good Soldier Švejk），這本是捷克作家哈謝克（Jaroslav Hasek）的一部長篇小說，後來被中國作家蕭乾翻譯過來。勇於自嘲並敢去直面生活不公的帥克，恰又極富於責任感與正義感，對於民族有一種寧死不逃的熱愛。這種形象，其實符合捷克人的品味。

在卡羅維發利的出城處，我一眼看到了「好兵帥克」坐在躺椅上的照片。樣子愜意，相貌慵散，彷彿正應了捷克人的口味，也對了這卡羅維發利悠閒的好光景。

當我們從卡羅維發利走出的時候，恰是下午四點，這個光景再回顧我們在這座泉城裡所走過的路，是如是的奇妙。這是最不像捷克的地方，但它確實又在捷克，它沒有坦克碾過之後的餘悸，也沒有逃脫專制的慶倖，它保留了最大限度的波西米亞文化底蘊，又被歐洲人懂得情趣的生活方式所滲透。於是，它會成為當年捷克這個社會主義國家連通整個歐洲的出口。

在許多現代歐洲作家、學者與藝術家中，我都能讀到卡羅維發利的美。當時我便好奇，這樣一座名不見經傳的小城，為什麼那麼多人會成為它的擁躉？在這麼多名家大師的筆下，為什麼它的美又是各式各樣的？

離開卡羅維發利，是晚上七點，天空忽然飄起了小雨，從晴到雨，不過幾個小時而已。在細膩的雨絲中，我嗅到了最純正的波西米亞氣息。

電影大樓

好兵帥克

卡羅維愛利出口處

我與妻看展覽

九、生命的不朽

我一直認為，每一趟旅行，都是對人生的不同思考，對於自己思維的另一種歷練，你在路上，一定會思考更多的問題，因為當你靜止時，這些問題其實都不能稱之為問題的。因為當你在交通工具上時，除了大腦之外，哪裡都不能運動，只有思考。

從卡羅維發利到捷克的另一座城市昆特拉霍拉（Kutná Hora）是蜿蜒的丘陵路，我一直在思考一個問題，這樣一個宗教文化厚重的國家，為什麼會選擇蘇式社會主義？

崇尚無神論、主張革命的蘇式社會主義，與強調傳統經典、信仰上帝的波西米亞文化看似矛盾重重，但捷克在二戰之後，仍舊被拉上了一條不屬於自己的道路，並且還成為了蘇聯的衛星國。

我不知道那幾十年捷克人的想法是什麼樣的，但是我能猜測到，那些老派的捷克人，一定心中充滿了不滿、憤懣與憋屈。人幹錯了職業，尚可挽救，國家走錯了路，作為被統治者的公民，唯有服從政府的意願。但是，捷克人天生外柔內剛，誰也不肯一條道走到黑，當年的「布拉格之春」便讓蘇聯吃到了苦頭。

蜿蜒的丘陵路，兩旁是一望無際的農耕地，有葡萄園、有麥田，一片蔥郁的綠色一直延伸到視野的盡頭，煞是通透。在田野裡，可以看到五彩斑斕的小房子、矮屋舍錯落其間。雖是農舍，但卻洋溢著豐富的歐陸風情。

接近昆特拉霍拉時，天空又開始飄起了細雨，捷克是一個內陸國家，雨水原本不算多，但我們恰是夏天趕到，所以總能邂逅到各種各樣的雨景。我喜歡下雨天，更喜歡在田野裡嗅到泥土芬芳的初夏雨季。顛簸的大巴，在一間小加油站忽然停下。

全世界的加油站都長的一個模樣，但價格卻千差萬別，而這正是我感興趣的。捷克的油價每升三十四塊九克朗，比中國的油價略高，但捷克的人均收入卻遠高於中國。加油站的工作人員說，捷克的油價算是歐盟國家最高之一。

在捷克乘坐公共交通工具，會發現捷克人素質之高。他們在馬路上行駛，永遠不會搶道。在布拉格的街頭，只要你踩在斑馬線上，所有的司機看到你都會減速，如果沒有斑馬線，你在馬路上，司機會減速並示意你先走。就在我們加完油之後，在一條雙行道上，一輛破舊的牛車在我們前面蹣跚，巴士司機以每小時二十碼的速度跟在牛車後面。我看的心急，用英語問司機能不能超車過去。

「不急。」司機比我淡定的多，「等一下他自己會走的。」

不一會兒，牛車拐進了右邊的田野，司機開始加油。我看到路邊矗立著一塊路標，前方三十公里，就是昆特拉霍拉。

昆特拉霍拉是一座典型的波西米亞城市，早些年以銀礦而聞名，據說這裡曾經為整個歐洲供應鑄幣用的白銀，因此這裡的銀礦長期有重兵把守。後來銀本位制讓位給了黃金本位制，這裡的銀礦就變成了博物館。

我們去的時候，正值放假，博物館進不去，冒雨而來的我們只好作罷，於是轉而選擇去人骨教堂。其實來捷克之前我早就知道這家人骨教堂的大名。歐洲人骨教堂不少，如葡萄牙埃武拉的人骨教堂與米蘭的聖貝納迪諾（San Bernardino）教堂等等，在世界宗教史上都大大有名，但最有名的還是昆特拉霍拉的克斯德里克（Kostelík Vech savtych a kostnicí）教堂——因為它實在是因人骨太出名了，所以所有人都稱其為人骨教堂，這教堂雖在歷史上略遜米蘭大教堂一籌，但卻比米蘭大教堂的規模要大許多，而且影響力也要大許多。

人骨教堂，並非其建築皆為人骨搭建，如果這樣的話，那麼這樣的房屋不要說幾百年，只要風吹日曬，沒多久就要坍塌。說到底，教堂還是石木結構，只是這人骨教堂的歷史與風格不同尋常。

據說，十三世紀時，曾經有一個傳教士從捷克跑到耶穌誕生的聖城耶路撒冷，掬了一捧黃土，灑在自己家鄉的地面上。這塊被撒了黃土的地一時竟然成了當地人死後埋屍的第一選擇，幾百年之後，這塊地成為了一片公墓。

撒土者無心，埋屍者有意，期間經歷過黑死病、胡思戰爭等大大小小的事件，到了十九世紀末期，這塊土地終於到了鬼滿為患的地步。據史書記載，此地插起的十字架多如壘柴，新鬼都無棲身之所，只好埋在公墓周圍，長此以往，勢必會惡性循環，但誰也不敢平墳遷墓，除非家財萬貫、權勢傾國，而且能有充足的說服理由。

終於盼星星、盼月亮，盼來了當地首富施瓦曾伯格家族（Schwarzenberg Family）將這塊墳地買下，決定此處不再埋屍而改為教堂，並找了一位木匠出身的設計師雷恩特（Rint）來為此教堂做設計。

雷恩特突發奇想：反正打地基都是會驚擾死者，如果把這裡面的骨頭都刨出來，放在教堂裡，日夜超度，豈不是大功德？

這樣的設想，在當時雖有先例——即米蘭大教堂，但雷恩特萬萬沒有想到的是，這片土地上前前後後埋了四萬餘人，成為了名副其實的萬人坑。

無人知道當時雷恩特的想法，他決意將所有的骨頭悉數刨出，再做處理，然後作為裝修材料，製作成為神龕、燈具，並鑲滿四壁——可是這些還不能將骨頭都用完，他只好又騰出一些空間，如堆柴垛一般將剩餘的骨頭堆滿，形成碩大的骨池。

這些資訊，都是我早些年對捷克文化感興趣時讀到的，知道這些時，我還未踏上過捷克的土地。

和聖維特大教堂一樣，人骨教堂也是人滿為患，狹小的通道只容許兩排人進出，逼仄的樓梯直延伸到幽暗的地底下，宛若直通地獄的黃泉路。看到出來的遊客都竊竊私語，或是一臉苦笑，可見此地之幽慎，絕非凡響。

我與妻相扶走下樓梯，右邊便看到一層樓高的白骨垛，如果不是在人骨教堂，我一定會認為這是一個後現代藝術家的裝置藝術，哪怕在人骨教堂，我仍然懷疑，這些人骨究竟是真的還是假的？

「這些都是真的。」

一位年輕的導遊，在為一個日本旅行團講解她面前的這高聳的人骨堆。說實話，如果是一根人骨兀然扔在地上，我或許還真會覺得有點毛骨悚然，但我看到的是數萬根人骨，反而一點都不害怕了，從心理學上講，這叫心理脫敏。

我的頭頂上、身邊、眼前，都是各種各樣的人骨裝飾品，這的確讓我大開眼界。小時候看過中央電視臺一檔節目，叫《正大綜藝》，裡面就介紹過人骨教堂，但我不確定是否就是昆特拉霍拉這家，但這次得以近觀，誠使我極飽眼福。

肋骨做成的燈架，被鐵絲一根根相連，然後高懸於屋頂上；宛如哥特式的青銅吊燈，股骨、臂骨一根根壘砌成的神龕，供奉著耶穌、聖母的聖像，早已寒冷之屍骨，與神祇一道接受著全世界各地遊客的祭拜。看來，人類死亡之後，果然可以和上帝親密接觸——只要他的骨頭能進人骨教堂。

在人骨教堂中，最引人注意之處是施瓦曾伯格家族的家徽，當然也是無數根白骨與骷髏頭壘砌而成，頂天立地，數米見方，被掛在骨池的外欄杆上，以顯示這一教堂的捐資者為何人。

畢竟是家族所修，算是中國人的宗祠或土地廟，因此人骨教堂規模不大，在規模上無法與聖維特大教堂媲美，而且它年份也不過一百三十餘年，與捷克其他的古跡勝景相比，也相差甚遠。但它卻因人骨這一超群的特色，使其榮列世界文化遺產之席。據當地的朋友講，來捷克的人，沒有誰不去人骨教堂的，甚至有的遊客去德國、奧地利，都要借助申根簽證來一趟人骨教堂。

來之前讀到一些文章，有遊客說人骨教堂陰森，甚至還在裡面杜撰了一些兇殺案、幽靈事件之類，可惜我並沒有感覺到有多麼的可怕。在這座堆滿人骨的小屋子裡，我唯一能感知到的，是生命的速朽與不朽。

先前我曾認為，生命是速朽的，唯一要讓生命不朽的，就是留下一些精神的東西。到了人骨教堂，我愈發堅定我的想法。

記得多年前，我在北京一所大學任教時，臨近學期的最後一節課，北京城裡下起了紛飛的大雪，由於接近實習期，出勤的學生不多，教室裡也就十幾個人，我與學生一道，坐在講臺下面，因為已經完成了教學任務，這堂課索性不講專業知識，與大家探討一下更感興趣的問題。

因為大家都要找工作，所以「做什麼職業」成為了大家關注的核心。

有學生問我第一個問題：「老師，你認為一份職業真的很重要嗎？」

這個學生我比較熟悉，聽說他先前到廣州去求職，碰了壁，又回來，情緒一度低沉，女朋友也和他分了手。有好幾次課堂上我都沒見到他，最後一節課，他還是來了，所以我必須要從他的角度，來回答他的問題。

「不重要。」我淡定的回答，其實我知道，我說出這三個字，也很勉強。

「嘩！」學生中開始有騷動的聲音，「沒有職業，我們吃什麼？喝什麼？住哪兒？」一個學生在旁邊說，雖然聲音不大，但是我卻聽到了。

「我舉三個例子。」我說，「酒店服務生、證券經紀人與龍套演員。你們認為，這三份職業，好還是不好？」

「證券經紀人還勉強，另外兩個哪裡是大學生幹的？」一個女生很大聲音告訴我她的答案，這個女孩來自於東北，家庭條件好像還不錯。

「那我再說三個人的名字，孫中山、蔣中正與雷根。」我提高了自己的聲音，「你們認為，你們可以做到他們的位置麼？」

「這些都是偉人！」一個男生用了比我更大的聲音回答，「他們是推動歷史進程的人。」

「國父孫中山流亡美國檀香山的時候，曾因為生活窘困，而不得不為酒店做服務生而維持生計；昔日大革命失敗，蔣中正先生隱居上海時，也曾在交易所做過經紀人；當年雷根總統在從政前，曾在電影片場擔任龍套演員賺取生活費。現在我們記得的，是偉人們的貢獻與歷史地位，忽略的，卻是他們曾經做過的職業。」

周邊悄無聲息。

「一個人的生命是短暫的，所以，在生命中必須要樹立一個理想，至於職業，只是你吃飯的工具。沒有人因為國父做過服務生而鄙視他，也沒有人會因為蔣先生與雷根先生做過證券經紀人和龍套演員而質疑其歷史地位。作為一個真正做研究的學者來講，從來也不會因為一篇文章、一本書而自以為是，具體的成績、工作從來不是生命價值的全部。因為他知道自己的生命是短暫的，但是他的生命意義卻會因為他整個生命的理想而存在。」

或許是我的話題太過於沉重，周圍的氣氛一下子沉悶起來。

「《浮士德》裡的魔鬼靡菲斯特斐勒司說過這樣一句話，『一切理論都是灰色的，唯生命之樹常青』。」我試圖打破這種沉默，「大家現在才二十多歲，對於一些小問題，很容易喪失自己的理想。我聽說有些同學因為考試不及格而想自殺，還有些同學因為求職失敗而頹廢消沉，當你們到了六十歲的時候，再回頭看這些問題，都會覺得非常可笑甚至滑稽。

「中國有一句古話，叫人到七十方知六十九之非。我不希望你們會醒悟得那樣晚，那隻會證明你們是缺乏理想的人。現在你們應該樹立一個理想，我四十歲的時候，會到達一個什麼樣的境界？在朝著這個境界去努力的過程中，所有應該放下的面子、情緒，乃至身份，都是值得的。

「上帝從來不會嘲笑服務於底層、民間的人，古人也說過，『勿以善小而不為』。因為只有從最點滴幹起，才有可能接近你們的理想。你不是為他人而生存，也不是為哪個體制而苟活。你是為你的生命而堅持著。我相信，今天在座的一些同學，你們可以選擇一個看似遙不可及的遠方眺望，但請記住，你們腳下所踩的每一步，都是朝著這個方向而去。」

我在一大堆人骨面前，忽然想到了我當時的那堂課，那是我在北京最後的一次上課，之後我就帶著我的行裝去了武漢。據說那堂課之後，有一些學生果斷地放棄了一些他們先前任何很重要的東西，到出版社、報社的一線去做最基層的工作，有的在社團裡做社工，幾年過去了，有些學生已經幹出了不俗的成績。我相信，每個人死後，都會變成幾根枯骨，然後挫骨揚灰，燒掉埋下，或是傾倒到大江大海裡去。

在這堆滿人骨的教堂裡，我們誰也不知道，這些骨頭的主人是誰的。囚犯、戰俘、神父、富商、官員、農場主，無論是舊雨新知，還是恩公仇家，他們都在這裡相聚了。沒有人會去考察、研究這些骨頭的主人，我們唯一知道的，是這位教堂的設計師雷恩特，據說他死後留遺囑，將自己的骨頭也貢獻給了這座教堂。

現在任何人都無法分辨，這裡面哪隻骷髏或者哪根腿骨屬於這位了不起的建築大師，我們只知道，他修築了這樣一所了不起的教堂。人的肉身其實是最脆弱的，更何況職業、穿著與身份？看不到的，是他的骨頭，看得到的，是他修築的這所大教堂。

人骨教堂門口，售賣一種特殊的紀念品，是用樹脂做的家族徽章，當然是微縮版，可以放在自己的家中。我毫不猶豫買下了它，當然不只是為了紀念這趟奇妙的見聞，而是為了時刻提醒自己，肉身是灰色的，而理想之樹常青。

從人骨教堂走出時，雨未停，沿途是寬廣的長廊，我們行走在城堡當中。前方有一棟碩大無比的哥特式教堂，規模遠大於人骨教堂，氣勢恢宏，頗具氣派。我猜想，這可能就是大名鼎鼎的聖巴巴拉大教堂（Chrám Svaté Barbory）了。

很多人都知道，捷克還有一個名字，叫千城之國。所謂千城，便是中世紀時這裡城堡眾多的緣故。而每一個城堡裡，都必須要有一座教堂。由是可知，捷克亦是「千堂之國」。在這個國度裡，遇到任何教堂，都是最正常不過的邂逅。

但是，這座聖巴巴拉大教堂很特別，它興建於十四世紀，本想利用當地銀礦所帶來的財富，修建一座巨大的教堂，以顯示地方財力，也為當地眾多的礦工修建一個祭拜的場所——聖巴巴拉在捷克語裡就是礦工之神的意思。但由於胡思戰爭，使得這座教堂的修建工程不得不暫停六十多年，待到十五世紀，這座教堂又開始繼續修建。

可是，這座教堂的工程量太大了！

隨著銀本位制的急劇衰落，昆特拉霍拉失去了歐洲銀礦中心城市的地位，當地財力早已無法供給這座大教堂的修建，一棟爛尾樓與修建圖紙一道，被塵封了起來。於是，這座教堂不再續工，但也沒有拆除。就留下那麼一棟修了一半的大房子。

這一停工，就是四百年。

到了十九世紀八十年代，當地政府有了一定的財力，這時才翻出當時的老圖紙，續建老祖宗留下的老教堂，據說修建人骨教堂的施華曾伯格家族，也為聖巴巴拉大教堂的修建出了一些錢，在經費相對充裕的情況下，這座教堂又開始復建。

但誰也沒有考慮到的一個事情是，十四世紀的建築風格，怎麼會和十九世紀相同？

教堂最初的設計師揚・巴爾萊日（Johann Parler）是捷克建築設計大師彼得・巴爾萊日（Peter Parler）的兒子，他按照十四世紀的設計風格，把教堂設計成為帶迴廊小教堂加上聖壇旁供祭司及唱詩班用的高壇的教區總教堂，即三中殿式結構，這是典型的哥特式風格，但在後來的施工中，為了追求寬大的效果，將三中殿拓寬為五中殿。

到了十六世紀，巴納迪克特・瑞特（Benedikt Rejt）——這位佛拉迪斯拉夫大廳（Vladislav Hall）的設計者，前所未有地將十六世紀的建築風格發揮到了極致，以先前五中殿為基礎，上面又修了三中殿的新建築，形成了「混搭」的風格。

十九世紀的捷克建築師們，又開始用自己的眼光、以建築的形式，來重述這樣一段歷史。他們修建了教堂的正門與新哥特式風格的祭壇——那時整個捷克的建築風格都從哥特式轉向了新興的巴羅克式。所以，我們今天看到的聖巴巴拉大教堂，它的建築外觀風格雖然是哥特式的，但仔細一看，卻能窺看到四五百年來捷克建築風格演進的歷史，無怪乎有人說，聖巴巴拉大教堂，實際上就是一部鮮活的捷克建築史。

「你看，教堂的窗戶！」當地的朋友指給我看，「和聖維特大教堂不同吧？」

我仔細地看了看，好像確實不太一樣。

「這裡的花玻璃，並不是鑲嵌的。它們都是上個世紀初由一位現代派畫家用油彩畫的。這些畫的靈感來源於叫謝克・烏爾班（S.Urban）的名作《歷史事件》。」

我有點瞠目結舌，十四世紀的基座，二十世紀的現代派油畫，就這麼地呈現在了我的面前，不加任何修飾。

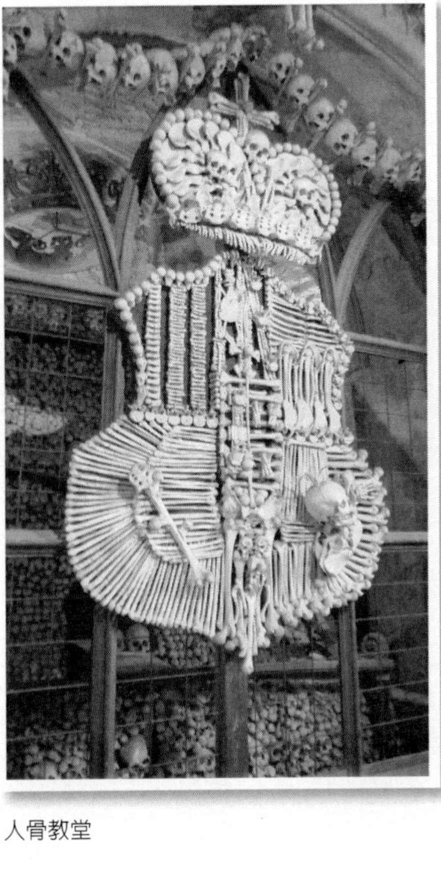

人骨教堂

聖巴巴拉大教堂

十、混搭的教堂

從捷克回到中國之後，我曾與妻一道，重走了一趟絲綢之路。

這個旅程很複雜，簡而言之，就是從西安的大雁塔出發，借助巴士、駱駝等各類交通工具，經嘉峪關、敦煌、玉門關、羅布泊直達烏魯木齊，終點是中國大陸的邊境城市伊寧的霍爾果斯口岸，也就是當年絲綢之路邊貿最為興盛的轉折地——古烏孫國。由於我們的護照還在捷克駐中國大使館辦理消簽手續，所以，我們無法繼續西行。

很多人聽完我的粗略講述之後，都會不自覺地提到一個城市的名字：敦煌。因為敦煌是這條路上的文化核心。

記得我們在敦煌時，曾參觀過一些石窟。由於破壞嚴重，所有的石窟都定時開放，並由一位講解員帶著一隊遊客進入。

「你看，這個石窟是北魏時挖掘的，但是這尊佛像卻是清代的。」講解員指著一尊佛像告訴我們，「你看，這佛像多麼呆板、笨拙，你看這裝飾，一看就太差勁了。」

我仔細看了看，這尊佛像確實不如唐代甚至唐以前的佛像看起來莊重、厚實，但也顯示出了清代雕塑工藝的另一種風格。對於老祖宗留下來的東西，我們何須如此刻薄？

當時，我想到了昆特拉霍拉的聖巴巴拉大教堂。那也是一種混搭，甚至比敦煌石窟的混搭更為徹底，歷經幾百年，幾十代人一起造了一棟看起來風格別樣的老房子。你可以嘲笑它的玻璃是用油彩畫上去的，你也可以詬病它不屬於任何一個時代，但它卻屬於這個地方的所有人，甚至屬於全人類。

「你看，這多麼童話！」當地的朋友很興奮地向我介紹，「你一定想不到，在昆特拉霍拉，除了兩座教堂之外，還有一樣東西，是我們的特產。」

「黑啤？」這個答案是我先前從網上看來的。

「是紅酒。」她指著不遠處的一個小店鋪，「昆特拉霍拉產自釀的紅酒，味道不錯，這裡的酒廠只要申請，政府都會批下來，這裡的葡萄園是全捷克最好的。」

我最終還是沒有在這裡買酒，而是選擇了布拉格，這是後話。但是在她手指的方向，我確實看到了一扇鎖著的鐵門，據說，這裡就是很有名的葡萄園，當然也是施華曾伯格家族的產業，後來移交給了當地的葡萄酒公司來種植。

捷克人認為，有紅酒的地方，就有童話。這是我先前讀到的，但是，在我看來，生性樂觀的捷克人，會把所有看到的一切，都當做童話，因此，儘管這個國家歷經磨難，但是他們還是最有幸福感的國民。

昆特拉霍拉有一條主要街道，兩旁都是超市和郵局。郵局很狹小，我與妻在裡面給我們彼此寄了兩張明信片，出來時又下起了雨。

郵局太小，我們不能長時間佔用太多空間，只好決定找一家小超市避雨，在郵局對面，就是一家規模不大的商店。我信步走進去，卻真嚇了我一跳，與布拉格的小超市相比，昆特拉霍拉的超市都很老舊，雜物堆積，看起來像是中國上個世紀七八十年代的國營小商店。我仔細再看看，商品也都屬於頗為老舊的物件，如縫紉頂針、棉布背心、安全頭盔與暖水瓶等等，店鋪狹小侷促，完全不像一個旅遊城市的做派。

服務員態度懶散，對於我們的到來沒有表現出任何的歡迎，店鋪裡擺滿了東西，我環顧四周，有些貨架不但積滿了灰塵，而且年歲久遠，放在那裡兀然矗立，有搖搖欲墜之感。幾個顧客可能是本地人，買了一些不銹鋼的餐具。由於長期不通風，屋子裡洋溢出一種難聞的朽木味，妻拉著我的衣角，催我快點離開這裡。

走出店面，從外觀看，店鋪的確頗為懷舊，窗臺上擺著精緻的小擺設，但隔窗細看，這些東西皆已陳舊，有些物件都有幾十年的歷史。這讓我想到卡羅維發利的老餐館，捷克人懷舊，不願意輕易改變自己周圍的環境，無論是商場還是餐廳，都是如此。

所以當蘇聯人來顛覆這一切時，捷克人會奮力來確保自己以前的波西米亞生活方式，經歷了反反覆覆之後，捷克人最終還是回到千百年前的悠閒與自在這軌道上來。

昆特拉霍拉的街道並不長，我們很快就走完全程。當然也算是走馬觀花，一路上看到的捷克人，都無比悠閒自在。到布拉格時，我覺得布拉格人自在無比，到了昆特拉霍拉，我倒是覺得布拉格的居民活的很累了。

這讓我想到了去年來到臺北時，我感慨臺北的慢節奏，結果到了台南之後，我忽然發現，臺北真是擁擠不堪。

這種比較，會讓我一下子對這座城市產生起莫明的好感來。

到了午餐時刻，我們選擇了一家離車站較近的餐廳，當然還是西餐，只是沒有卡羅維發利的牛排。

在捷克一路，我吃了不少的西餐，當然也吃到了許多中餐。平心而論，捷克的中餐館不少，除了在卡羅維發利沒有看到之外，在布拉格、皮爾森、百威等許多城市，都有發現，不是命名為「大上海」、「小香港」就是「中南海」，極具港派老式餐廳的風情，裡面幾乎不約而同地播放著鄧麗君的老歌。只是捷克的中餐實在難以下嚥，我疑心技術不是原因，廚子都是中國人，原因是因為許多配料在當地難以買到，所以很多飯菜總覺得差一味，甚至比起中國的「火車菜系」與「旅行團菜系」，還要難吃許多。因此，能吃到西餐的地方，我絕不吃捷克式的中餐。

這家餐廳在昆特拉霍拉應屬於規模較大者，一樓不營業，主要出售一些烈酒與紅酒，二樓才是餐廳。就在上二樓的拐角處，我很意外地發現了一個老人擺設的攤點，銷售一些捷克斯洛伐克時期的郵票，老先生大約有八十歲左右。攤上郵票不多，只有幾十張。反正正等廚子做菜，我無事可做，便來觀賞郵票以打發時間。

我挑了幾張捷克美術作品的郵票，剛準備裝進信封裡。老先生忽然像想起什麼一樣，拉住我，用生硬的英語問我：「你來自哪裡？」

「中國。」我說。

「中國！中國！真的是中國！」老先生忽然驚叫起來。

他的這種激動，倒是把我嚇了一跳，在捷克，總會有人把我當做韓國人、日本人或是新加坡人，當我告訴他們我是中國人時，他們會感到驚訝，但是像這個老先生這樣的驚訝的姿態，我第一次見到。

「是的。」我很平靜，我彷彿感覺他有什麼事情要告訴我，「我來自中國。」

他忽然轉過身去，從他的桌子底下摸出一只白顏色的信封。我不知道他要把什麼展示給我看，但我知道，他拿出的這個東西，肯定和中國有關。這時，我突然變得有點激動起來，我反覆提醒自己，這是在捷克，在異國他鄉，無論他拿出什麼東西，我一定儘量保持冷靜。

「這份報紙。」他從信封裡捏出一張發黃的老報刊，「你瞧，他來自於你們中國，對不對？它比我的年齡還大，他快九十歲了。」

我走過去，定睛一看，竟然是一九一三年的《人道週報》，其中還包括作家馮叔鸞所撰寫的一篇重要論稿。

在我心裡，一直有一個心結，那就是我未答辯博士論文中的一處遺憾。其中最重要的一章，就是從期刊的角度論述人道主義與現代中國幾次戰爭之間的關係，但苦於上個世紀初的具體報刊史料難以搜集，遍尋國內外各大圖書館——甚至還委託日本、美國的同行幫我搜集，但都沒有找到。於是只好選擇了一些二手史料，這是我博士論文中一處引以為憾的地方，我這個遺憾，連妻子都不知曉。

而這份由「中華社會黨」創辦的《人道週報》，無疑是目前學界罕見的珍稀史料。先前我從事現代中國期刊研究時，曾聞聽過這份刊物的名字，但在一些主流與研究院所的圖書館中，卻都無這份期刊的館藏記錄。有了這份資料，對於我博士論文中那個重要的部分，終於有了一個幾乎完美的填補。

當時我幾乎驚叫出聲來，我決定：這份報紙，今天就算拍照片也拍完！

只是，老先生會答應嗎？

「他一直在等待一個中國人來，把它帶回中國。」老先生雙手遞上報紙給我，「我珍藏了這份報紙多年，終於等到你了，三百五十克朗，你拿去吧。」

在求學、治學的路上，我一直相信，很多事情是依靠緣分的。就像在遙遠的捷克小鎮昆特拉霍拉，我居然可以邂逅到博士論文急需的一份珍貴的歷史材料——而且這份報紙被一位素不相識的老先生珍藏多年。這是一種冥冥之中的機緣，可遇而不可求。

當地的朋友說，因為一九九〇年的民主化改革，使得捷克人對於中國人好感度不強，這大概是由於先前同屬社會主義陣營的緣故。在當時一批劇變的社會主義國家中，捷克憑藉著自身的地理優勢與文化積澱，又走的非常順利，目前已經躋身國際發達國家之列，在歐亞經貿關係上扮演著非常重要的角色。因此，捷克又不可能不關注中國。

我在捷克的一路，對於捷克人對中國人的感覺，大概只能用「驚訝」來形容。來之前我翻報紙，稱目前到過捷克的中國人只有約十萬人次——其中還包括外交人員、生意人、留學生與港澳臺華人，與法國、美國與東南亞的中國旅行者來講，捷克的中國旅行者相當少，我與妻只能算萬分之一都不到。

這也無怪乎為什麼很多捷克人為什麼會把我們當成日本人、韓國人了。

無論態度如何，但捷克人對於中國人的關注卻從未降低過。回國之後，我曾與哈佛大學王德威教授在電子郵件中閒聊，我去了一趟捷克，並且想寫一部關於捷克見聞的隨筆。王教授隨即就告訴我，布拉格的漢學研究很出名。確實，捷克漢學研究影響深遠，一批漢學家如早期的尤利烏斯・澤耶爾（Julius Zeyer）到後來的雅羅斯拉夫・普實克（Prusek Jaroslav）與目前風頭正健的馬利安・高利克（Marián Gálik）等等，早已形成了梯隊完善的「布拉格漢學圈」，在國際遠東及東亞問題研究上頗具聲譽。由此可知，數百年來捷克人對於中國的關注，從未減弱。

只是在一九九〇年之前，中國和捷克作為同屬「社會主義陣營」中的兄弟盟友，這種關注是親近、必須的，中國向捷克出口糧食，從捷克進口工藝品。哈威爾執政之後，中捷關係一度出現了波瀾，政治降溫，但學界升溫，一批中國問題研究者在捷克開始嶄露頭角。

在民間，捷克人對於中國人的感情也是複雜的，這樣一個遙遠的東方古國，與同樣遙遠的西方古國，如果開展對話，會怎樣？

捷克許多大學如查理大學已經陸續有了不少的中國研究生與訪問學者，但是與捷克的總人數相比，仍然如雪花入池般微不足道。那些天，我一直在捷克的街道上努力尋找中國人，偶然可以在茫茫人海中聽到熟悉的臺灣腔或北京話，或熟悉的面孔，但卻真是匆匆一瞥，擦肩而過。

這也是我決定寫這樣一本隨筆的初衷。在我周圍的朋友中，很多人對於捷克極其感興趣，甚至成為自己的心靈家園，但從未真正傾聽過伏爾塔瓦河的濤聲。譬如說我的摯友甘世佳，我與他初識時，他便對我的筆名「布拉格之夜」極為稱道，認為捷克是他的精神故里。上海世博會開展時，他作為世博會的總撰稿，曾數次跑到捷克館裡去購買各類商品，但他至今卻未能有時機踏上捷克的土地。我身邊如他這樣的友朋不在少數，一說到斯美塔那、卡夫卡、昆德拉，大家都熟悉的不行，甚至可以哼出《自新大陸交響曲》的旋律或大段背出《生命不能承受之輕》的對白，但是，大家都沒有站在查理大橋上，傾聽過伏爾塔瓦河的水聲。

所以說，我這本小冊子，也是獻給這些朋友們的。

在我身邊，有一批中國年輕人非常熱愛捷克的文化，他們不但發起論壇，還辦了一些民間刊物，時常組織一些關於捷克文化的討論。如果說只是因為波西米亞為「小資」的鼻祖，那我還是覺得這有失公允，若是再加上昆德拉、哈威爾等作家的文本傳播，我依然認為這還不夠，坦率地說，他們對於捷克民族的精神，著實十分熱愛。

坦率地說，我對捷克這個國家關注了十幾年，但這十幾年裡一直處於只有觀望、沒有體認的「紙上談兵」之狀態，因此，可以說對於捷克的瞭解，也僅限於一些表面文章。

為什麼會有那麼多的中國青年人喜歡捷克？我認為，其中相當大的原因還是因為捷克這個國家所帶來的「正能量」——這是在中國互聯網上倍受歡迎的一個新詞。來到捷克之後我才發現，無論是遇到政治的變革，還是全球化的挑戰，捷克都能夠盡可能地積極應對，並保護了本民族最純粹的東西，且力圖讓更多人接受並認可它。從這一點來講，捷克所帶來的「正能量」是巨大的，它可以使未來的中國青年人更加熱愛本民族的文化，並認識到它在全世界文化中的地位。

在昆特拉霍拉的午餐是捷式西餐，有一道菜是紅酒汁傾倒在冰淇淋上，我猜想可能是本地的紅酒，丹寧味厚重，酸度較大，和我在航班上喝到的紅酒味道類似。整個東歐人都喜歡重口味的食品，可波西米亞風格又是那樣的小清新；雲淡風輕之中，品嚐著味感十足的美食，也未嘗不是人生中最愜意的一次體驗。

從昆特拉霍拉走出時，整座城市依然籠罩在陰雨中，巴士啟程時，窗戶玻璃上籠罩著一層斑斕的水珠，屋外是五顏六色的牆壁與屋頂，不同的顏色透過玻璃所折射出的光彩，宛若一幅水粉畫。

我簡直要忘記了，這是「人骨教堂」所在的小城，當一切人為的陰森與恐懼都煙消雲散時，記憶裡留下的風景才是最美好的東西。

昆特拉霍拉市民的車

妻在昆特拉霍拉郵局

十一、一座空城

熟悉我的朋友都知道，我喜歡喝紅酒，但不專業，最多只能算是一個入門級的愛好者，但我對於其他的酒，不要說愛好，有的甚至是憎惡——譬如說中國的高度白酒。對於啤酒，我有一種較為複雜的感情，因為我對於啤酒沒有研究，也不懂得品飲，唯有在大快朵頤的時候，會點上一杯，如牛飲一般，喝完了事。

以前只知道，德國的啤酒在國際上具有盛名，但捷克啤酒的名氣，我還真不太清楚。到了捷克之後，當地的朋友介紹，捷克有兩個知名的工業城市，一個叫皮爾森，一個叫百威。現在都是世界知名的兩大啤酒品牌，只是可惜的是，這兩大品牌的產權擁有者，都不屬於捷克。

我們先到的皮爾森，是下午六點，這座城市與德國接壤，是捷克知名的工業城市。到達皮爾森時，我們在皮爾森酒廠對面一家名叫Clarion的酒店住宿。這家酒店的二樓有一扇門，門外是人行過街天橋，可以直接到達皮爾森酒廠。

與妻安頓好之後，我們決定徒步走出去看看這裡的風景，酒店的斜對面有家樂購（Tesco）超市——這是捷克最多的超市。據說這家超市在捷克生意極好，以至於連世界連鎖業巨無霸家樂福（Carrefour）超市都無法進駐捷克，只好與樂購妥協，採取部分入股的形式，分得一杯羹。

待我們走到樂購超市門前時，忽然發現，樂購超市停止營業了。仔細一看，晚上七點是下班時間，裡面有幾個服務員在拖地。

我們決定向城區走走看，樂購超市的門前，有一座古老的石板橋，橋下是區分皮爾森新城舊城的拉布扎（Radbuza）河，橋邊的石柱都已經發黑，估計有八九十年的歷史，石板橋的人行道與車道都是碎塊石拼成的老路，而且這樣的石塊路與周圍的馬路、人行道天然地連成了一片。當我們從石板橋上走過時，忽然發現周圍零散的路人加起來，不過三五個人。

按照常識判斷，這是「高峰期」剛過的下午，應該有不少回家的人才對，但越往前走，行人越少，走到一家速食店門口時，我們發現，偌大的皮爾森街道上，只剩下我們倆了。

而且，我們所看到的店鋪，沒有一家開業的。

這種情況如果在中國內地——包括香港、臺北任何一座城市出現，我都會極其驚恐地以為全城爆發了瘟疫或是其他人為的災難，因為這太可怕了，沒有一個人，唯一閃爍著的，只有紅綠燈。

兩旁巴羅克風格的建築矗立著，不算高，大約五六層的樣子，陽光從樓房與樓房之間的夾角傾瀉出來，映射在街邊的看板、張貼海報上，真個流光溢彩，美的動人心魄。皮爾森的建築都是黃色或是白色的，但這座城市的汽車、看板、店面招牌、海報甚至路旁的隔離墩，卻是五顏六色、精緻別樣的，有的店家甚至把自己的店面外牆、門窗故意做成另類的彩繪童話風格。有人說，五顏六色是歐洲的標準色，那麼這句話放到皮爾森來說，再合適不過了。

那一刻，我有一種衝動，想定居在皮爾森，哪怕開一家小小的西餐廳都可以。

皮爾森的街道上安靜的令人出奇，除了幾家看起來很蕭條的地下酒吧（basement bar）亮著微弱的紅燈之外，同時也沒有一家商店營業，許多商店的櫥窗裡依然亮著燈，但門口貼著的留言條告知我們：老闆外出度假去也，何時回來還不一定，敬請諸位顧客海涵。

再看櫥窗裡售賣的小物件，波西米亞風格的水杯、帶有卡夫卡頭像的筆袋，當然還有畫著聖維特大教堂的床單，真個令人愛不釋手，我都有種衝動，恨不得伸手進去，觸摸這些商品。

除了空蕩蕩的公車外，馬路上沒有行駛著的車，也沒有行人，商店也不開門。

每一家店鋪的風格都不一樣，有的是樂器店，豎笛、吉他、電貝司按照演奏的形式掛在櫥窗裡，宛若一幅沒有人的樂隊三人組；有的是書店，一些畫著作家頭像的大部頭，整整齊齊地擱在櫥窗裡，門口木把手上雕刻著的貓頭鷹，一切都是那樣的富有生命力，就像是可以和你對話的老朋友一般。你可以不購物，但這種美迫使你一定要駐足觀賞。

異國他鄉，沒有行人的城市，既陌生，又熟悉。

我曾經在中國的許多城市不止一次地生活過，北京、上海、香港、臺北、武漢、廣州……每當我走進這些城市時，我都會敏銳地發覺到它們與上次的不同，人更多了，車更堵了，空氣品質更差了，有朋友講，這樣的快節奏何止中國？在東京、曼谷、新加坡、首爾，同樣的問題依然存在，每個人都像《公民凱恩》裡的男主角一樣，忙到找不到自己的影子，從個人到國家，都在忙著趕超身邊的競爭對手，人類存在的意義，變成了無休止的忙碌、競爭、再忙碌。

因此，每當我在路上被車屁股的一望無際紅燈所阻塞時，有時會想到這些問題，這難道就是東亞城市化的宿命？

與東亞相比，歐洲太讓人羡慕了，譬如我腳下的皮爾森，這樣閒散的生活，竟然可以躋身發達國家、高生活水準的城市之列。我們走了一路，沒有發現一家大型的商場、酒店。在皮爾森，大家最喜歡的，還是波西米亞式的生活方式，小超市、小咖啡館、小書店，種種細微的小，滲透出的是慢生活的小布爾喬亞精神。

忽然，街邊走來一個男青年，我與妻警覺起來，我們擔心會有打家劫舍的歹徒出現，如果真有一個醉漢勒索我們，找我們索要財物，我們去哪裡呼喊員警？

這時，男青年走到我面前，朝我微微一笑，我仔細看了一眼，他提著筆記型電腦，貌似剛下班的青年白領，再仔細一看，在遠處的街角，隱約有兩三個人，在悠閒地散步。

我去過許多城市，見過許多的市民，但從未見過一座近似於空城的城市，更未見到過如是閒散的居民，周遭是花花綠綠的大廣告，眼前的夕陽逐漸西沉，天色漸晚，街上愈發冷清，連幾個散步的人影子都看不到了，我們再往前，就看到了兩棟圓頂建築，那就是皮爾森的「共和國廣場」（Namesti Republiky）了。

共和國廣場雖名為廣場，但規模不大，也非常冷清，這樣的廣場在中國大多數重點大學和二線城市都能看到，廣場上一個人物群雕，大約是工農兵之類，一看就是當年蘇聯意識形態下的作品，所幸不似布拉格的史達林雕塑一般，沒有被拆掉。在群雕旁也就是廣場的正中心，是另一尊銅像，相貌嚴肅，體態瘦削，仔細一看，原來是捷克共和國第一任總統馬薩里克（Tomáš Garrigue Masaryk）的雕像——這大概是這些群雕被保留下來的原因。

馬薩里克算是捷克的國父，也是哈威爾極其推崇的一位政治家。他在一九三七年逝世之後，捷克便持續陷入到戰爭、內亂與獨裁的慘痛歷史進程當中。他之於捷克的意義，大約相當於國父孫中山之於中國，而且有趣的是，中國有中山大學，捷克也有馬薩里克大學，在捷克的布爾諾市，只是這所學校被命名與馬薩里克有關，是在哈威爾執政的一九九〇年。

馬薩里克雖然只是捷克一國的國父，但他的政治思想卻影響許多人，而且他在年輕的時候，就憑藉自己獨特的「氣場」，影響到了周圍一群同學、朋友，使得他成為許多人的思想核心。我曾讀到過一篇文章，大概是講馬薩里克在德國萊比錫大學念書時，由於他比全班所有人的年齡都大，又有思想，於是很多人都願意受其影響，其中有一個比他小八歲的年輕人，更是對他崇拜的要命，馬薩里克也很熱情地為這個年輕人探討、解決各類學術問題，並推薦他加入各種社團。

這個年輕人最後和馬薩里克走了兩條不一樣的道路，他沒有從政，但他成為了日後當代西方最著名的哲學家、思想家之一，並開創了影響西方學界至今的「現象學」研究。他的名字叫胡塞爾（E. Edmund Husserl）。

有人說，胡塞爾的現象學是西方文藝理論中最難懂的學問，許多人弄了一輩子文藝理論，最後對於胡塞爾的觀點還是一知半解。簡而言之，胡塞爾認為，世界上一切我們看到的東西，都是現象，都是被加了人主觀意識之後的結果，作為研究者，我們必須要觸摸到最真實的東西。這個理論最終直接用到了捷克民主化的革新上，用另一位現象學大師塔克（A. Tucker）的話講就是，「現象學一下子抽掉了專制極權的一系列教條基礎。」

這句話，也就成為了哈威爾推翻專制的思想武器。

站在馬薩里克的像前，我反覆思考一個問題。從馬薩里克到胡塞爾，再到塔爾，最終在哈威爾這裡，又繼承了馬薩里克的政治理想。政治繞了一個大圈，在專制、冷戰中徘徊喘息之後，最後還是借助文學思想的力量，完成了政治理念的實現。

有時候，文學真是奇怪但又可怕的東西。

廣場上有兩個小夥子坐在馬薩里克的像前聊天，他們一定知道馬薩里克是誰，但他們早已麻木了有這樣一個偉大的人，曾經領導他們的民族走向獨立，然後又消失，再然後又被發現。我與妻走近時，發現那兩個小夥子已經離開，只留下馬薩里克和他的工農兵戰士們緊密地站在一起。

落日餘暉下，冷清的街道上，站著孤獨的馬薩里克，我不知道，他會怎樣來看待他目前所看到的一切？他的繼承者愛德華・貝奈斯（Edvard Benes）——一位出生在皮爾森的政治家，在一個流亡政府中死死苦撐著從他那裡繼承的政治理想，直到哥特瓦爾德的紅色波西米亞，將先前所有的理想全都揮霍到湮滅，只剩下臣服、專制與獨裁。

那些年，馬薩里克的雕像依然在這裡。

馬薩里克很瘦，他的神情中總帶有一種悲天憫人的哀楚，他對於這塊土地愛的太深，所以才會做出這樣的政治選擇。脫離了奧匈帝國的捷克，成為了世界上獨立運動的重要一環，馬薩里克正是這一環的決定者。

只是，歷史和馬薩里克開了一個玩笑，馬薩里克到死都沒有看到他的政治理想實現的那一天。

在整個捷克，除了馬薩里克之外，我沒有看到其他捷克領導人的塑像，對於剛剛過世的前總統哈威爾，捷克人也顯示出了一種讓我至今都難以理解的冷漠。當我在一些書店裡，問有沒有哈威爾的作品時，不少營業員用生硬甚至不太禮貌的「No」來回答我。

曾經讀到過一篇文章，哈威爾最崇拜的領導人就是馬薩里克，但哈威爾並不是馬薩里克，我承認哈威爾是一個偉大的公民，但他太溫和了，甚至無法阻止克勞斯（Vaclav Klaus）將斯洛伐克分裂出去。終其一生，他一直在和克勞斯做著觀念上的鬥爭與辯論，但他卻始終不能真正完整地實現自己的政治理想。

終於，他比克勞斯更早走進上帝的懷抱。在他活著的時候，克勞斯曾揶揄他是捷克著名的「品牌」，在他往生之後，克勞斯在致辭中稱其為「一位了不起的革命者。」

中國作家貝嶺則認為，哈威爾「更像是一個住在捷克的外國人」。

與他的政治偶像馬薩里克一樣，哈威爾是一個過渡的英雄，前者將波西米亞拉出了奧匈帝國的陰霾，後者為數百萬捷克人驅散了蘇聯專制的灰影；他不會取悅選民，不屬於任何一個政黨，這決定了他不會屬於任何一個時代。他只會開創時代，並不會將自己放置到某個時代中。因此，在捷克你可以看到馬薩里克生滿黑色銅銹的雕像，但你卻很難找到任何一尊紀念哈威爾的物件，哪怕是一塊鑲嵌在牆上的紀念牌。

我讀哈威爾時，是我高中時的某個冬季，那時的我，特別喜歡在寒假時窩在鋪著厚厚地毯的木板地上讀書，唯讀某一個作家，正巧那個冬季讀到的作家，就是哈威爾。

哈威爾的文字蒼勁有力，字句往往可以直達你的內心。對於當時才十幾歲的我來講，讀到這些文字，尤其會愈發深刻地覺得拷問自我的重要價值——無論是他在一九九〇年新年獻詞中的那個知名論斷「我們都是道德上的病人」，或是自傳中的那句「如果要想改變現狀，就得超越自我走的更遠些」，以及《論國家及其未來地位》結尾中「國乃人創，人乃神創」那八個字；抑或是在給胡薩克的信中那句振聾發聵的質問「在今天這種文化閹割之後，明天這個民族將忍受多麼深刻的智力上的和道德上的軟弱無能？」種種這些，讓我對這位捷克的傑出知識份子佩服之至。

因為讀到哈威爾，我知道了馬薩里克，對布拉格有了新的認識。

我一直惦記著希望在布拉格可以買到一樣東西，紀念我少年時的這段讀書經歷，比如說哈威爾的傳記、紀念品之類，但是我沒有想到的是，布拉格整座城市甚至於整個國家，似乎都在遺忘哈威爾。

當地的朋友說，哈威爾執政時，對中國有偏見，這一點與克勞斯完全不同，而克勞斯對於中國採取友好、合作的態度，中國現在是捷克最重要的商貿國家之一，也正是克勞斯帶著捷克人奔向了發達國家，但是我知道，作為一個政治家或是說具體的執政者，在處理國際關係上，哈威爾有不可推卸的責任與缺陷，但作為一位思想家，哈威爾是非常傑出且具備開創性的。

他是一位提出問題的先驅，而不是一個解決問題的精英。在那個風雲突變的年代裡，之於捷克而言，先驅的意義要遠遠大於精英。

在離開捷克的最後一個小時裡，我在布拉格機場的一家店鋪中，偶然看到一枚關於哈威爾的紀念銀幣，不到兩百美金，我立即買下，後來在飛機上我才發現，銀幣並非是官方發行，而是哈威爾基金會製造，每買一枚銀幣，就意味著向哈威爾基金會捐款數十美金。後來我才知道，捷克也曾發行過哈威爾的郵票與首日封，但都是應景之為，影響有限。

但是，和馬薩里克一樣，哈威爾留下的不只是有限的政治財富，而是無限的精神價值。

與馬薩里克的銅像告別時，天空逐漸泛起了青色，太陽早已西沉。我忽然想到了作家禮平的一篇小說，《晚霞消失的時候》。

晚霞消失，意味著黑夜來臨，但黑夜過後又是清晨，人類歷史循環往復，總是在一邊兜圈，一邊進化。從馬薩里克到哈威爾，捷克人兜了一個圈，又回到了預設的政治原點。社會主義發展，繞不開卡夫丁峽谷這一關，強調人的價值，無論在哪朝哪代都不過時，哈威爾只是幫著捷克人補了這一課而已，他的價值便在於此。

捷克人溫和，總是淪為被人統治、奴役的大多數，這個時候總需要有人要站出來，告訴大多數人，你們是受損害、受傷害的，你們應該主宰自己的命運。馬薩里克做了這樣的人，哈威爾依然延續著馬薩里克的步伐，但人類有一個劣根性，一旦獲得了自由，就會忘記這自由的來由，除非人類一起進入共產主義，否則根本沒有哪個時代真的是天賦人權，敢說出天賦人權的，大抵也是借上天的名，行革命之實，反正喊什麼口號老天爺都聽不見。

現在捷克人早已自由了，上個世紀九十年代出生的一批人，也早就成為了捷克的青年一代，不是所有的年輕人都知道「布拉格之春」究竟發生了什麼，當然他們更無從去理解馬薩里克、哈威爾究竟做了哪些貢獻。我試著問過一些捷克的年輕人，他們只知道，捷克是個獨立的國家，捷克的每一個公民一出生時便是自由的，這是他們的基本權利，誰也剝奪不去，除非捷克亡國。可惜他們並不曉得，捷克曾經是亡國的，而且很長時間裡，都是亡國的狀態。

皮爾森不大，算是一座小型城市，當我離開馬薩里克銅像很遠的時候，回過頭去，我還能在華燈初上的路旁，瞥到他一臉悲壯的神情。

皮爾森的街頭小店

夕陽西下的皮爾森

十二、那些同胞

歷史會時常給捷克人開玩笑，本來望去是民主的霞光，走進才發現已跌進了專制的峽谷，有些隱蔽的河灣，看似風景絕佳，但卻潛藏著吞噬生命的危機。從胡斯戰爭開始，捷克人就不斷在這種歷史的玩笑中過活，在他們看來，永恆的東西真的太少。

所以他們才會拼命地保護自己的文化遺產，無論是建築、藝術，還是思想，捷克人幾乎拼盡全力，希望可以留下一些永恆的東西讓後人看到，其中包括他們的品牌。

這其中的代表，就是斯柯達（Skoda）汽車。

自十九世紀末以來，除了玻璃製品之外，捷克創造出了許多了不起的品牌，如皮爾森、百威的啤酒，斯柯達的汽車以及Bata的皮具，這些工業產品不但暢銷歐洲，而且還遠銷中國，並在中國形成了許多青年擁躉，但並不是所有人都知道，這些東西來自於捷克。

這是一件有趣的事情，在中國，有很多這類產品的使用者，也有很多捷克的愛好者，但許多捷克的愛好者對於這些產品來自於捷克並不知曉，同樣，這些產品的使用者們，也不知道他們用的東西，乃沿襲了正宗的波西米亞精神。

斯柯達汽車在華人圈裡銷量不錯，大陸由上海大眾汽車公司生產，臺灣由太古集團代理製造，其價位低、品質好使得其在中產階級中口碑極佳。據說這公司後來被德國大眾汽車公司並購後，一度成為德國大眾旗下的拳頭品牌，捷克人造東西，就是讓人有舒適感。

斯柯達的家鄉就在皮爾森，這也是我來到捷克之後在一些報紙上讀到的。十九世紀末，機械工匠瓦克拉夫．勞林（Vaclav Laurin）和商人瓦克拉夫．克萊門特（Vaclav Klement）合夥經營一家自行車工廠，並且命名為勞克（L & K）汽車公司，這公司就是斯柯達的前身，只是他最初的商標上沒有Skoda的字樣，用的是Slavia，捷克語「奴隸」的意思，意謂不忘國恥，窮而後工。

那時捷克仍在奧匈帝國的統治下，馬薩里克還在萊比錫大學念書。

一戰之後，勞克汽車公司受到重創，幾乎破產。由埃米爾．斯柯達（Emil Skoda）創立、位於皮爾森的斯柯達．皮爾森（Skoda Pilsen）集團作為當時捷克最大的重工業公司，一舉兼併了勞克汽車公司，便開始生產斯柯達汽車，孰料一炮打響，成為名震歐洲的汽車公司，數百年基業延續至今，成為世界級的汽車生產商。一九二六年，斯柯達將他們製作的第一輛豪車從皮爾森徑直開進布拉格的總統府城堡，作為禮物獻給當時的總統馬薩里克。

這樣基業的延續，應是勞林和克萊門特兩人所始料不及的。作為斯柯達的故鄉，皮爾森也因此而得名。我們在捷克的那些日子裡，遇到最多的汽車品牌就是斯柯達，在馬路上的展臺上，看到矗立著的汽車模型、高樓上屹立的汽車廣告，都是斯柯達。時至今日，捷克人都對斯柯達引以為豪，認為斯柯達早已不只是一個汽車的品牌，而是捷克重工業的驕傲。

在皮爾森的大街上，我們想找到斯柯達當年的總部，但卻找不著，據說斯柯達的生產全部在皮爾森附近一個叫博雷斯拉夫（Mlada Boleslav）的工業園區裡完成。但在我所住的酒店大廳裡，卻看到了一輛紅色的斯柯達費力西亞（Felicia），據說是上個世紀六十年代的老爺車，這車最高時速只能跑到一百三十碼，可見當時沒有高速公路，再好的汽車，抵死也只能做一個代步工具。

我早知道皮爾森是工業城市，釀啤酒，造汽車，樣樣都做的很棒。但當我抵達這裡時，卻感知不到這座城市工業性的硬朗。在我走過的城市中，我能明顯感覺出來一點，就是每一座城市都有自己的性別。記得我在〈冬季的臺北沒有雨〉中就曾提過，香港是硬朗的，臺北是婉約的；重慶是男性的，而成都則是女性的，如果說南京是硬漢的話，那蘇州就是淑女。

可是到了皮爾森，我有些茫然了。

按道理說，作為捷克最重要的工業重鎮，皮爾森應該和芝加哥（Chicago）、班加羅爾（Bangalore）與伯明罕（Birmingham）一樣，到處是煙囪林立、機器轟鳴，甚至地面、牆壁上都浸潤著一層被機油薰染過多年的黢黑，顯示出粗獷的硬漢形象，但這些事先在腦海中既定設想的場景，在皮爾森我都沒有看到。

皮爾森像一個雍容的貴婦，它有著比布拉格不相上下的老教堂、老屋舍，從巴羅克、哥特、文藝復興到現代主義的建築，在皮爾森街道上舉目皆是。低頭望去，老舊的郵筒，生鏽的路燈，看上去很有年頭的閘門井蓋，彷彿大家都在用一種精緻但又不失華麗的腔調，來訴說這座城市的悠久歷史。

但皮爾森又像是一個年輕的少婦，街頭上花花綠綠的顏色，集中各類創意想法的店鋪，花紅草綠，新意盎然，讓你情不自禁地想到了「小清新」這個詞。我始終覺得，皮爾森是清新的，它像是一個文藝女青年，會讓你沉浸在與輕音樂、石板路、咖啡屋與法式陽蓬的細節幸福中。這種幸福感，只屬於年輕人。

夜幕終於降臨，皮爾森更安靜了。

我們連自己都不知道此刻身在何方，兩旁的老建築也從金色變成了黑色，從布拉格之夜到皮爾森之夜，變化的是城市，不變的都是靜謐的老建築。

周圍的馬路也是安靜的，一個人都沒有，你可以一眼望到遠處有些混沌的位置，那是馬路的盡頭。沒有一輛車，也沒有一個人，一切都是那麼的安靜，在一座城市中，你可以感受到萬籟俱寂，甚至連風聲都沒有，那是一種你一輩子都忘不掉的感受。

眼前的紅綠燈依然在閃爍，沒有車，我不能闖紅燈。以前我只聽說過歐洲人講秩序，只要晚上馬路上亮著紅燈，哪怕沒有車經過，也不會去闖紅燈。這次我親身經歷了這一幕，我相信，當任何可以稱之為人的生命站在這些老建築面前與滄桑但又整潔的街道上時，一定是會懷著敬畏之心的。

這種敬畏之心與交通法規無關，這是一個基本的倫理底線。

我耐心等待著紅燈變為綠燈，剛剛過完馬路，人行燈還未變紅。

不知道打哪兒我聽到馬達嗚嗚地在這靜謐的夜空中轟鳴，我轉身一看，一輛白色的跑車呼嘯而來。就在白色的停車線前，他停車了。

我們都沒有闖紅燈，還剩下幾秒鐘時間。

車主伸出頭，微笑，伸手示意讓我先行。

因為皮爾森是工業經濟城市，所以一直算是捷克的富庶地區，猶如中國的上海，近些年，一些歐洲其他國家的電子數碼企業又利用捷克的低賦稅政策，在皮爾森建廠設店，異軍突起，形成了一批富裕的新貴人群。譬如在路旁，我看到過不止一輛瑪莎拉蒂（Maserati）、賓利（Bentley）與阿斯頓馬丁（Aston Martin）等世界頂級奢侈跑車，但這些車規規矩矩地停在路邊，一點也不張揚。

在中國人，新富起來的人群，總有一種浮躁氣。買了跑車，就會在路上狂奔；購置了金錶，就會戴在手上，時不時地晃動一下。這種浮躁氣很讓人厭惡，也很市儈。

前些時日看新聞，讀到法國某商場謝絕中國遊客入內的報導，讓我非常震撼，當然更多是無奈。照片上紅頭綠羽的暴發戶，如蜂湧一般衝進某奢侈品商場，然後瘋搶皮包、手錶，走後一片狼藉，讓過往的外籍人士懷疑是歹徒襲擊，多次之後，這家商場終於痛下決心，寧肯不賺這筆錢，也不再准許這樣的中國遊客入內。

這個消息傳到國內後，群情激奮，很多時評人將這一事件上升到民族仇恨的層面上來，因為這很容易讓人想到當年上海租界區「華人與狗不得入內」的告示牌。而我認為，這種歧視，與其說是基於文明的歧視，倒不如說是一種源自於精神的不認同。

在皮爾森，我看到了低調的奢華，路邊停著的跑車與夜晚安靜的街頭，沒有一絲喧囂、吵鬧與浮躁，你甚至不知道這座城市裡住著多少富人，你只知道，它無愧於街頭那尊馬薩里克的塑像，也無愧於數千年的建城史，這是這座城市最奢華的精神財富。

夜晚的皮爾森雖然安靜，所有的店鋪都打烊，但這也給我們帶來了不方便。譬如口渴了，想買瓶水都買不到。

妻只好用手機導航，尋到了一條近路，準備回到酒店，但是整條路上，除卻路燈之外，似乎就只有樓房屋舍裡的燈光，沒有其他。

我強忍口渴，一度有過望梅止渴的打算，可惜周圍沒有梅樹，於是只好繼續往前走。果然功夫不負有心人，在遠處的路邊，我看到了一間亮著白色燈光的小屋，常識告訴我，那是一家社區超市。

我與妻加快了腳步，待到走過去之後，忽然驚訝地發現，超市裡的老闆與服務員，都是華人！

而且，常識再一次地告訴我，女店老闆與男服務員是母子關係。

「你好！」我大聲用漢語對兩位同胞打招呼。

他們面面相覷地看著我，似乎聽不懂我的話。

「你們是中國人吧？」因為只有我們亞洲人能夠分辨出中國人、韓國人與日本人的差異，這兩個人一看就是中國人。

「您需要什麼？」女老闆勉強擠出了很生硬的英語，而正在裡屋搬運貨物的兒子，也探出頭來，用非常奇怪的眼神看著我。

他們完全聽不懂漢語。

「您是中國人嗎？」我繼續用英語問。

「是的。」女老闆這次聽懂了，「但我們並不來自於中國。」

異國他鄉遇到同胞，相互之間卻不能說漢語，這聽起來有點可笑。記得我們念中學的時候，為了訓練大家的英語口語能力，老師突發奇想，讓同學之間用英語交談，結果教室裡笑聲一片，一個平時敢發言的同學很大聲音提出不同意見：大家都是中國人，幹嘛聚在一起講英語？

教室裡爆發出哄笑，老師無奈，這個提議只好作罷。

但是我在皮爾森，卻對自己的同胞說英語，因為他們實在聽不懂漢語，這種感覺是尷尬的，好似是你回到了自己的故鄉，還不能說方言，要講標準國語。我買了一瓶礦泉水，妻子買了一盒優酪乳，結帳時他們也不問我們是否來自中國，冷淡的幾乎讓我們覺得很失落。

從這家店鋪出來，外面夜幕更沉，遠處的屋頂，彷彿和蒼穹銜接了一片。

在黑夜裡，哪怕是最微弱的光明，也會被迅速、準確地捕捉到。走出這家店鋪，我發現，不遠處還有一家店鋪。

手頭的礦泉水已經被我一飲而盡，需要再買一瓶，我決定到下一家店鋪去看看。

和上一家店鋪一樣簡陋，貨架上擺滿了各種各樣的雜物，許多非易耗的日用品來自於中國，如指甲刀、塑膠簍之類，也有一些食品，但都是滿足日常所需的，如義大利麵、白糖等等。店主又是兩個中國人，像是兄弟倆。

同樣聽不懂漢語，同樣面對我們，沒有顯示出「他鄉遇故知」的欣喜。

我回頭發現，門上貼著李小龍的舊海報，早已斑駁不堪。

捷克人不喜歡拍照，這幾家店主也是如此，我原初準備為他們的店鋪拍些照片，沒想到當我舉起相機時，他們臉上有些憤怒的神色似乎在制止我這種無禮的行為。所以遺憾的是，在這本《布拉格之夜》裡，看不到任何關於他們的照片，但他們確實存在，不會說漢語的中國人，就在夜晚的皮爾森，我相信，任何一個去過皮爾森並在晚上出過門的中國人，一定會對這些同胞記憶深刻。

在皮爾森，這樣的商店大概有近十家，最大的一家，大約有一百多平米，老闆雇傭的店員也是華人，但他們都用最為熟練的捷克語交流。

在回到酒店的路上，妻說：「還是我們中國人最勤勞，大家都睡覺了，拼命做事的還是中國人。」

我沒有接話，因為我不確定，甚至不知道，並非來自中國的他們，是否真的是中國人。

去年底，我在臺灣成功大學參加該校八十週年校慶活動，席間遇到一位漂亮的女生，她告訴我，她來自臺灣實踐大學，但她是湖北武漢人，算是我的老鄉。

當時陸生在臺灣並不多，我很驚訝，問她是哪一年到的臺灣？

「我就是嘉義出生的。」她回答。

我更為驚訝，嘉義女孩，何以成為我的老鄉？

「我從未去過武漢，但是我知道武漢人管『吃飯』叫『齊飯』，你們還有一句罵人的話，叫『苕』，苕就是我們所說的番薯。你說我說的對不對？」

軟糯的臺灣腔裡蹦出武漢話的發音，聽起來有點彆扭，但很可愛。

我再一打聽，她的爺爺原來是武漢會戰時參加的國軍，後來因為內戰，從大陸撤到了臺灣，她的父親從小在眷村長大，後來出去經商，時常往返於陸台兩地，總給她帶一些武漢的特產與風光片，久而久之，她對於武漢非常熟悉，以至於會模仿電視片裡的人說幾句不地道的武漢話，但因為時間的緣故，她一直都未曾去過武漢。

在臺灣，我總是遇到與我攀老鄉的人，從桃園巴士站到士林捷運站，從臺北故宮到台南國家文學館，我遇到過很多沒有去過湖北的湖北人。當然，這種情況在大陸也有發生，曾經有一次在南京大學開會時，我遇到了臺灣中央大學的涂藍雲博士，她是湖北鄂州人，可惜她從未去過鄂州。當她知曉我的新居就在鄂州時，很興奮地告訴我：

「下次我來鄂州一定要聯繫你，我好想來鄂州看看，我從小就知道我是鄂州人。」

民族的認同，基源於文化的共同——這文化也包括語言、環境、文字與性格，雖然我在皮爾森也遇到沒有去過中國的中國人，但他們卻對於中國是這樣的陌生，皮爾森不是臺北，當China這個單詞從這些捷克華裔們的嘴裡生硬的蹦出時，與apple、water這些單詞沒有兩樣。我甚至懷疑，他們是否是因為對顧客客氣才說他們「是中國人」？如果他們一輩子遇不到一個中國顧客，他們是否會忘記自己的身份，而天然地認為他們是捷克人？

這種感覺非常奇怪，也一度讓我覺得匪夷所思。以前我在歷史檔案館查閱資料時，我曾看到過一個記載。「一戰」爆發時，中國政府曾經派遣了勞工隊赴歐參戰，這時就有一批中國人留在了東歐，其中包括捷克、斯洛伐克、南斯拉夫與羅馬尼亞等國家，戰爭結束後，這些中國人因為沒有學歷，又語言不通，只好在當地做非常苦累的工作，譬如運屍工、掏下水道等等，第一代人立足之後，中國又相繼爆發抗戰、內戰，而淪為德國治下的捷克卻相對太平許多，第二代人自然也不想回國，然後就開始經營中餐館、做保姆等等，做比父輩稍微輕鬆一點的工作，到了第三代人成人時，捷克已經成為了紅色波西米亞的世界，之於大多數華裔人士而言，他們早已入鄉隨俗，有的搞外貿，有的從事超市經營，部分還進入政界與學界，當選為議員或受聘大學教職，已完全融入了當地社會。

因為他們的出身，決定了他們的交往、婚姻，所以，東歐的華裔多半還是選擇和華裔結婚，所以後代還是華裔，只是他們早已不是中國人，他們自然也聽不懂中國話，除了中餐館老闆外，絕大部分東歐華裔的日常生活也早已西化，有的全家信仰天主教，每週趕到教堂去做禮拜，有的日常三餐均為西餐，早已不習南北菜系之味。甚至在個人習慣上，也被逐漸地打上了西方人的烙印，他們不願意被拍照，不喜歡討價還價。

但是，在骨子裡他們依然保留了中國人最本質的特徵：勤勞。

有朋友在國外的大學實驗室留學，回國之後大為感歎：西方人工作八小時之後就下班去喝咖啡了，為了幾十美元加班費，熬夜加班幹的，永遠是中國人！

我相信，入夜之後的皮爾森，一定不會是無人之城。有的家庭早已開始了他們的家庭聚會（home party），有的一家老小開著車子到劇院去聽歌劇，還有的人或許已經鑽到地下室酒吧裡去暢飲一杯，當然也不乏駕車到周邊去旅遊度假者，但是放棄休假，為了賺一點口糧而堅持在晚上營業的人，始終是中國人。

「這一晚上，你說他們能多掙多少錢？」妻問。

我不知道，所以我無法回答。整條街道上正在行走的，只有我與妻兩人，我們總共在兩家店鋪買的東西，總共加起來還不到一百克朗，也就是四美元，而夜晚在皮爾森街頭「晝夜營業」的華商店鋪，大約有近十家，就算他們每個店鋪都可以遇到我們這樣的顧客，他們每天晚上毛利潤也就只有兩美元，如果算上成本，他們最多只能掙幾十美分。

在一個高福利的發達國家，幾十美分有什麼用？

我相信在這裡開店鋪的每一個華商，他們都有捷克的護照——否則他們根本拿不下經營執照，既然這樣，那他們可以享受高額的醫療、養老保險與連美國人都羨慕的歐盟福利，但他們為了這幾十美分，還在徹夜堅守。我相信，這筆賬與金錢無關，全在骨子裡的民族性當中，就算過了五代人、十代人，或許也無法抹掉。

斯柯達老爺車

夜晚的皮爾森

十三、感謝美國

在一座城市中，你會邂逅各種各樣你想想不到的建築，他們可能會是一棟老樓、一座古塔、一幢舊房、一塊破碑或一尊雕塑，這些建築總是會用無聲的語言悄悄地告訴你，它，比任何人都更瞭解這座城市。

譬如說，在皮爾森看到的馬薩里克雕像。

朝著酒店的方向，我們繼續往前走，忽然間在前方的拐角處，我發現了一塊矗立起來的石碑。石碑很大，就皮爾森這座小城來說，用「高聳入雲」來形容這塊石碑，毫不過分，從某種意義上講，這樣一塊石碑，應該也算是這座城市的「地標」了。

尤其在路燈下，暗夜中，這樣一塊直刺蒼穹的石碑顯得格外崇高、悲壯，甚至對周圍有一種壓迫感，它迫使你對它膜拜、低頭，在它面前，整座城市都變得渺小不堪，更何況肉體個人？

我悄悄地走近，因為不知不覺間，我忽然心跳莫名加快起來。

在捷克的那些日子裡，我總是會心跳加快、摒住呼吸，因為當人少的時候，你會覺得有一種特別的孤獨感，這種孤獨感促使你不得不直面歷史，與時空進行一場艱難的對話。這段歷史你或許熟悉，或許一無所知，若是熟悉的歷史，你可能因為你看到的一切而改寫掉先前的成見，若是陌生的歷史，你會在你的腦海中，重新建構一段新的時空。

在皮爾森街頭的那座石碑上，我看到了美國的國徽，在美國國徽下，是這樣的兩段英文：

感謝美國人！

一九四五年五月六日，美國軍隊解放了皮爾森。

無疑，這塊石碑必然是捷克共產黨倒臺之後才立起來的，否則根本沒有被立起的可能，就算被立起，也一定會被當局推掉。一九四五年，那正是同盟國對軸心國摧枯拉朽的歲月，歐洲戰爭即將結束，美軍解放了捷克的部分地區。其中，在皮爾森會戰中取得勝利，並解放皮爾森的美軍指揮官，就是大名鼎鼎的巴頓將軍。

在皮爾森，至今仍有巴頓的紀念碑，據說不大，如普通墓碑一般，時至今日，都常有人跑去祭奠，這位性格粗獷，又不失幽默的典型美國大兵，在捷克人心中，留下了近乎完美的形象。解放皮爾森之後，美軍在皮爾森受到了萬人空巷的歡迎，當時家家戶戶都舉著星條旗，喊著口號，激動地迎接巴頓將軍入城。巴頓朝當地人揮手致意，當地的酒商紛紛拿出自釀的啤酒，歡迎這位二戰戰場上的英雄。

但捷克人不一定知道，那時的巴頓，正是人生的低谷。

當時的歐洲戰場，已經是美英兩國平分秋色的時代，他們已經基本上劃分了歐洲的勢力範圍，並達成了政治上的同盟，用以對抗蘇聯，但在解放柏林這個問題上，羅斯福與邱吉爾有了不同意見，這直接影響到英國統帥蒙哥馬利與美軍歐洲戰場司令官艾森豪之間的戰略配合。

而一向不關心政治的巴頓，在政治的糾結中忽然感覺自己沒有了用武之地，困頓在德捷邊境的他，只好將自己的士兵臨時集中起來，在皮爾森打了一個大的會戰，一舉殲滅了盤踞在皮爾森的德軍，就在巴頓解放了皮爾森的三天後，蘇聯紅軍解放了臭名昭著的特萊津（Terezin）集中營——著名音樂家舒爾（Z.Schul）便被囚禁並病逝於此，它離皮爾森不過百公里之遙。

巴頓在解放皮爾森之後，按照同盟國之間的協定，他必須將皮爾森歸還給蘇聯紅軍託管，同時，捷克斯洛伐克其餘的地區，也必須由蘇聯人來解放。按照聯合司令部的指揮部署，巴頓繼續揮師解放了歐洲東部其他地區。因此長期以來，解放皮爾森的功勞，一直被算在蘇聯紅軍將領科涅夫的頭上。

皮爾森，只是巴頓在歐洲戰場上的過站，巴頓或許會忘記皮爾森，皮爾森卻永遠記住了巴頓。皮爾森會戰，是英美兩國利益分歧的見證。戰後，英國與美國因為共同利益逐漸彌合，成為了北大西洋地區的主宰者，而捷克斯洛伐克則成為了《華沙公約》的締約成員國，世界上舉足輕重的社會主義國家。

蘇聯人獲得對捷克的統治權之後，對皮爾森這個地方痛恨到不行，但巴頓早已遠走，蘇聯人只好拿這裡的德國人撒氣。我們知道，到了二戰後期，隨著德國部分國土被征服，也有不少的德國難民湧入皮爾森並在此定居，其實他們也是戰爭的受害者，但在蘇聯人眼裡，哪裡還管得了許多？二戰過後沒多久，蘇聯就派軍隊過來，將皮爾森的德國難民屠殺的乾乾淨淨。

除卻上述之外，還有一個史實就是：在一九九〇年之前，所有的皮爾森居民，都不准許紀念巴頓將軍，只准紀念那個偷天之功的科涅夫。

歷史是公正的，幾十年之後，在皮爾森的街頭，重新為巴頓將軍這個了不起的英雄塑了紀念碑，皮爾森的居民開始用波西米亞人特有的形式來彌補自己心中半個世紀的愧疚，據說每年巴頓將軍冥壽的時候，一些大學生、青年都會自發地跑到紀念碑前獻花。

人類終歸是走向文明的，在這個征程中，或許會有倒退、反覆、遺忘或暴力，但整個大的趨勢必定是朝前發展的，它不會因為某個人的意願而後退，也不會為某個政黨而改變。這是世界的大潮流，在皮爾森街頭，豎起的不只是對巴頓的紀念，更是對一段歷史的挽救、書寫與重述。

入夜後，我站在酒店的窗臺前，凝視著皮爾森的街道，它是如此的安靜且精緻，宛如一幅學院派的油畫，不著一絲人工做畫的痕跡，但它又是如此的鮮活，從馬薩里克到巴頓，二十世紀人類最精彩的意識形態博弈，在這座洋溢著啤酒香味的城市裡，不斷輪番上演。

在我的房間窗戶之外，就是著名的皮爾森啤酒廠，此時正值當地時間晚上十點——皮爾森雖然用當地時間，但它卻在地理時間上又存在著差距，所以大約相當於晚上八點多的光景，在眼力所能及的範圍內，所有的窗子都沒有燈，亮著的，都是路燈或建築物上用來裝飾的彩燈，再往西眺，從一抹嫣紅到無限碧藍的晚霞，正在依依不捨地向這座城市告別。

皮爾森太美了。

夜晚的皮爾森，格外安靜，酒店裡更是如此。我所居住的位置毗鄰皮爾森火車站，離老城區倒有一段距離，但門口就是皮爾森酒廠，所以算作是皮爾森的經典地區。待在房間裡，打開窗戶，能夠聞到從百米之外飄入的酒香，十九世紀的老廠門像一座守護神一樣，矗立在我的面前。

因為入夜，酒廠裡很安靜，安靜到你根本聽不到機器轟鳴、工人勞作的聲音，但你一定可以想像的到，這樣一座幾百年的酒廠，至今仍然為全世界提供佳釀，若是白天，它該是多麼繁忙、多麼喧囂？

我曾經住過亞洲各地很多不同的酒店，特別是一些高檔次的酒店，一般都會放一些當地的「黃頁」（yellow page）在桌面上，供賓客取閱，有的酒店稍微有心一點，每個房間裡擺放一本當地的歷史介紹，如蘇州園林、樂山大佛等等，然後後面就是往景區的導遊圖。所以，我認為在皮爾森的酒店裡，也能讀到這樣的文字，至少可以讀到一些關於啤酒廠、巴頓將軍之類的介紹，睡前看一會兒書，也是我長期以來的生活習慣。

果然，在酒店房間的桌上，整齊地擺著幾本雜誌，上面寫著「免費取閱」的字樣，我趕緊拿過來一看，雖是捷克文印刷，但卻能讀懂個大概，只是它們既不談論釀酒，也不涉及戰爭。

這些雜誌都是皮爾森當地戲劇、美術聯合會主辦的一些藝術類期刊，主要集中介紹了當地的歌劇舞劇團的歷史與發展，以及他們最近獲得了什麼榮譽？或者在皮爾森不同的藝術館、美術中心裡有些什麼樣的展覽，以及如何到達這些地方的公交路線，當然也包括一些地方藝評人為一些藝人、演出活動所撰寫的專欄文章，雜誌印刷精美，都是銅版紙，頁碼又多，拿在手上都沉甸甸的，這可能是因為皮爾森的演出活動相當多，譬如畫展，幾乎是一個月有十幾場，音樂會更是每天輪番在不同的音樂廳上演，這些自然會加厚雜誌的頁碼。

只是，兩個問題開始困擾我——

這樣印刷精美的雜誌，怎麼會免費贈閱？

皮爾森這樣的工業城市，怎麼會有這麼多的藝術活動？

我抽出其中一本雜誌，它的名字叫《泰拉大劇院》（Divadlo J.K. Tyla），泰拉這個名字我不陌生，即約瑟夫・卡爾坦・泰拉（Josef Kajetán Tyla），係十八世紀捷克知名劇作家與文學活動家。此君乃是劇院老闆兼劇作家雙肩挑的能手，早年畢業於查理大學，曾做過當地的文化官員，晚年因觸犯當局而遭到羈押，後死於皮爾森。所以在皮爾森有紀念他的大劇院，至今仍在上演一些劇作。

不言而喻，這份雜誌就是關於泰拉大劇院的演出資訊，但這份刊物卻具備極其廣闊的辦刊視野。我是戲劇理論出身，所以對於一些戲劇理論著述能看出個大概，其中一些劇評不但理論功底深厚，而且涉及到英國、德國等地的戲劇表演藝術，可見撰稿者決非演出商找到的急就寫手，而是長期從事戲劇藝術的研究人員。

辦這樣一份刊物的開銷，我想應該不會少。

在雜誌的後面，我看到了一些贊助商的名字，其中包括酒商、酒店、汽車公司等等，顯示出了不凡的贊助實力，可見高雅藝術在皮爾森的接受。當地的朋友講，在捷克，高雅藝術的市場，總是人滿為患的。譬如一些畫展、音樂會，在歐洲不少國家可能都不太受歡迎，但是在捷克——無論是布拉格、皮爾森還是百威，卻總是不乏受眾，曲高和寡在捷克是一個根本不存在的詞語。

猛然間，我想到了在卡羅維發利邂逅的微型藝術館。

多年前，我曾經聽過普契尼作曲的一篇歌劇，叫《波西米亞人》（La Bohème），這是與《蝴蝶夫人》與《托斯卡》齊名的、能代表普契尼最高藝術成就的作品，這本是根據亨利・繆鍥的小說《波西米亞人的生活》所改編，但卻因為普契尼卓越而獨特的作曲，以及將詠歎調的加入，使這篇歌劇一舉超越原著，淋漓盡致地表達出了一群窮困潦倒的藝術家們對於人間真情的熱愛。

波西米亞人種混雜、民族群居，因此其中決非都是捷克人，但波西米亞地區卻已是今日捷克的大部分地區，在奧匈帝國侵佔捷克之前，波西米亞地區基本上代表了捷克的古典傳統文化，今日捷克的國徽上，還有波西米亞雙尾獅——這曾是波西米亞王國的標誌。

如果對捷克不太瞭解的人，我這麼說顯然有點複雜，我們基本上可以這樣理解——經常出國的中國人都熟悉，多年來在海外一直有一個奇怪的英文單詞竟然可以指代中國，那就是Cathay，現在這個詞都還被廣泛使用，例如「國泰航空」用的就是這個詞。

這個單詞直接翻譯過來是什麼意思呢？有些學者借用巴厘文、梵文與佛經的著述，以及這個單詞的英文發音，將其蜿蜒曲折地翻譯為「震旦」，甚至更有甚者扔出《華嚴經》以作旁證——「東方屬震，是日出之方，故云震旦。華嚴音義翻為漢地」，通俗說，就是「古中國」。

這麼複雜的推斷，真是讓人頭疼，可惜在這裡我要潑一瓢冷水，Cathay的詞源卻不等於「震旦」。

如果誰有心，可以翻查一下十九世紀的英國文學與辭典，Cathay 的原意為「契丹」，即中國北部的少數民族，他們借用絲綢之路的地理優勢，有時會與西方國家有貿易往來。因為在當時的外國人看來，「契丹」這個民族與地區應是中國的重要組成。因此在他們眼裡，Cathay也可以以偏概全地指代中國，就像現在我們用波西米亞指代捷克一樣。

可惜關於契丹精神，當代中國人知道的太少，除了善飲酒之外，恐怕其餘的都遑論繼承；但你問任何一個捷克人關於波西米亞的精神，他們都能說個一二。

歌劇《波西米亞人》的主人公，都是一群為了藝術可以放棄財富甚至不要命的精神主義者，這樣熱愛藝術的人，常人看作是瘋子，但在捷克人看來，卻極正常不過，所以說，波西米亞人雖然早已不復存在，但波西米亞的精神卻一直在代代延續。據說，在捷克，連計程車司機都會在夜晚帶著一家人去聽音樂會，這種文化藝術的薰陶，決非居於此地的我們所能想像。

這一切都依賴於捷克的藝術贊助人制度，在捷克人看來，任何人都是藝術的贊助人，無論是劇場老闆、演出或策展的投資方、提供政策的政府，還是購票入場的普通觀眾，這些人都是藝術的贊助人，只要是藝術，商業就要為之讓步，藝術是人類意識形態的最高境界，誰也超越不了。

這就像是豎立在布拉格山頂上的那隻巨大的調音器，曾經在高壓語境下，認為政治至高無上，一旦高壓解除，政治就被扔入谷底，繼續供奉起繆斯之神。

之前我對捷克文化感興趣時，以為捷克人對於藝術的這種幾乎到狂熱的熱愛，乃是因為教堂藝術使然。天主教普及到全民，教堂壁畫、多雷式的聖經插畫與教堂的經變劇與詠歎彌撒自然也會路人皆知，因此，音樂美術自然也不落後。

但當我到達捷克時，我發現這只是一部分原因而已，更重要的原因，還是在皮爾森找到的。

工業革命以降，因為能源、交通的區位優勢，世界上湧現出了各種各樣的工業城市。如上述班加羅爾、伯明罕、芝加哥、基輔與皮爾森之外，還有我的家鄉黃石——這是清末洋務運動煉鐵造槍燒水泥的工業重鎮。

在中國大陸，這樣的工業重鎮不少，除了黃石之外，還有瀋陽、鞍山、酒泉、攀枝花等等，這些城市我基本上都去過，隨著近些年資源的枯竭，國民經濟從重工業向輕工業的轉型，這些城市也都失去了「工人老大哥」的昔日輝煌，取而代之的是成群的失業工人、灰濛濛的污染天氣，以及髒亂不堪的街頭，放眼望去，滿街是辦證刻章和治療各類生殖疾病的小廣告。

前些年，中國這些城市一致喊出了一個口號，叫「資源枯竭城市文化轉型」，當時黃石也在其中。在這個口號下，黃石提出了一個更為響亮的目標性口號，叫「打造礦冶文化」城市。我作為政協委員，其中一些文化活動當然要參與。但是這麼長時間過去了，黃石的「礦冶文化」建設並沒有讓我有太欣喜的起色，其他城市我也有走走看看，情況基本都一樣。

工業重鎮，如何轉身變為文化城市？

但是皮爾森，作為一個典型的重工業城市，卻華麗地完成了自身的文化轉型。今日的皮爾森，曾經的汽車製造已經搬到了郊區，釀酒業也成為了一個重要的景點。街面整齊安靜，藝術氣氛濃厚，到處都可以看的到本雅明的「靈光」，使人恍如置身於童話世界，哪裡還有一點工業化的痕跡？

皮爾森的轉型，是我對捷克人熱愛藝術之根源的另一層發現。

這座處於捷克與德國交界地的城市，它原本就是整個中東歐的工業重鎮，自工業革命以來，這裡積累了大量的勞動力，但文化發展一直稍微落後。所以長期以來在捷克各個城市中，皮爾森雖然富庶，但屬於治安不太好、環境也沒有競爭優勢的地區。

文化建設不是一朝一夕之事，政府的具體扶持政策乃是不可或缺的重要因素。早在捷克共產黨執政之時，當局就在皮爾森建立了藝術學校，並將一些大型企業分流到郊區，在整肅街道、提高福利上當局也做了不少努力。坦率地說，捷共雖臣服蘇聯，推行過高壓政策，但對皮爾森的文化建設功不可沒。

因為有了藝術學院、大型劇院，一批有藝術修養的藝術家也從德國、奧地利以及首都布拉格舉家搬遷到了皮爾森，經歷了半個多世紀的建設，皮爾森成為了捷克地區的文化重鎮。時至今日，皮爾森的文化底蘊，早已不差捷克甚至歐洲的其他城市。

在酒店附贈雜誌的後面，我還讀到了另一則新聞，自千禧年起，在歐洲久負權威盛名的「斯美塔那國際鋼琴大賽」也將永久賽址選定為皮爾森，我知道如巴克豪斯（W.Backhaus）、安達（Geza Anda）等鋼琴家，都是這場比賽的獲獎者。在這場大賽的推動下，皮爾森的「愛樂樂團」也成為了這場大賽指定的「指定天團」，現在這家樂團早已是名揚整個歐洲，而且多次來到中國演出過，捷克的皮爾森音樂廳也成為了歐洲最著名的音樂廳之一。

掩卷之時，時針已經悄然指到十二點，我決定，第二天起個早床，與妻子一起去看看皮爾森啤酒廠，因為，啤酒花的味道實在是太誘人了。

皮爾森街景

感謝美國紀念碑

馬薩里克雕塑

十四、皮爾森的酒

很多人都知道皮爾森啤酒，但同時其中又有相當多的一批人會認為，皮爾森的啤酒是德國貨，因為在德國就有一家皮爾森的啤酒，包裝近似，無非單詞拼寫是德語而不是捷克文，至於味道，那就真是差之千里——不過這話是當地朋友講的，我舌頭笨，臺灣啤酒、皮爾森啤酒與青島啤酒，在我嘴裡，基本上是一個味道。

清晨的皮爾森和晚上完全不同，因為當地時間與布拉格的東一區存在這一點時差，太陽起得早，所以約早晨七點的光景，天已經大亮。

晨曦傾灑在眼前這座天橋上，環形的上下匝道顯得格外壯觀。遠處原本在夜裡看不清楚的一些建築細節，現在也看的清清楚楚，教堂尖頂上的十字架、窗臺旁鑲嵌的雕花、遠處大樓上的一些橫幅標誌，也都盡收眼底。馬路上開始有了間或的車輛，街道上也開始出現了三三兩兩的行人。

皮爾森的清晨與夜晚，是截然不同的兩個光景。當你佇立在沒有人的街道上，或已經打烊的藝術書店門前時，你會產生一種強烈的孤獨感，因為在你所處的這個環境中，你被孤立了，你不知道那些被稱之為人的同類去了哪裡，留下的是歷史的建築與冷清的街道。

而清晨的皮爾森，則顯露出了歐洲城市一切應該具備的美感，低矮的老建築，屋頂是那樣的一抹棗紅，彷彿浸潤了歷史中所有的靈氣一般，恰到好處的綠化帶，乾淨而又寬敞的馬路，遠處的尖頂教堂，筆直高大的路燈，所有的一切都在告訴你，這裡是歐洲。

對面的酒廠也開始有小卡車出出進進，有些穿著藍色工裝服的工人站在門口，像是叼著雪茄，也像是在對話。我與妻共同決定，趁著皮爾森酒廠還沒有到上班時間，我們進去一探究竟。

我與妻都是在工業城市裡出生、長大，所以對於工廠、車間、煙囪，並不陌生。但在皮爾森啤酒廠，卻有點讓我們大吃一驚。穿越長長的天橋，繞過蜿蜒的環形匝道，在極具巴羅克風情的酒廠大門口，除卻該廠從「作坊」到「廠」的建廠時間一八四二年之外，我們還看到了一隻掛鐘，它不僅報時，還顯示從建廠伊始至今售賣酒的總加侖（gallon）數，據目前看到的數值，已經超過兩百億，傾灑下來，幾乎可以填滿一個大湖。

來之前曾聽講，皮爾森酒廠每日參觀客滿，嚴重影響到了生產安全，最後導致酒廠不得不成立一個遊客管理部門來負責疏導、引領遊客進廠，現在進酒廠需要預約。我們運氣較好，趕在工人上班前跟著上班的工人混進去，大鬍子保安在門口瞟了我們一眼，直接放行。

皮爾森酒廠依然保留了一些老舊的生產工具，但早已不再使用。譬如當年盛放啤酒的酒桶、用來接水的老式水龍頭等等，我忍不住伸手去擰動，結果發現有些早已銹蝕並被重新打上油漆，僅供觀賞。

通往車間區域的道路筆直而但不寬闊，地面是碎石片路，兩旁是低矮的辦公區與廠房，直覺來看，有些廠房年歲久遠，大約與那座巴羅克風情的大門同庚。有些廠房則帶有明顯的紅色波西米亞風情，一看就是上個世紀七十年代的產物。隔著一條十幾米馬路，兩邊的建築卻相隔百年。

古老的酒廠，在我看來是全新的。因為煙囪仍舊在冒煙，工人們依然在勞作，雖然是百年老廠，但你卻看不出一絲老相。這種歷久彌新的感覺，恐怕也只屬於皮爾森酒廠。

中國有很多老牌的白酒生產基地，如五糧液、茅臺、郎酒等等，不勝枚舉，其中有些酒廠我去過。但平心而論，我看到的更是一種做舊、雕欄畫棟的假古董，終究不能給人以一種歷史的滄桑感。酒是時間的產物，無論是紅酒、白酒還是啤酒，它們都是因為時間的釀造而獲得特別口感的，如果在時間上可以靠假古董來延續，那麼這類酒廠生產的酒，味道也欠缺。

就在我寫這文章時，忽然看到中國大陸一些白酒廠為了仿造陳年老酒的味道，竟然爆出使用「塑化劑」的新聞，這實在是令人髮指，酒的年份可以造假，味道可以仿造，皆因假古董的心理作祟。在皮爾森酒廠，我很想發現一樣假古董，但卻遍尋不見。在酒廠裡，十九世紀的屋舍，就是十九世紀的樣子，紅色波西米亞風格的建築，也就是那個時代的痕跡，遠處在修建的新工廠，也帶著是我們這個時代的印記，在歷史的進程中，誰也不會仿造誰，就像不同年份酒的味道。

我們繼續前行，不遠處是車間，因此豎起了牌子：工作區域，謝絕參觀。但釀造啤酒的香氣，卻早已繞過森嚴的戒備，直至每個過往路人的心間，不覺得沁人心脾。先前我從未參觀過任何啤酒廠，能夠在世界最好的啤酒廠裡享受這份愜意，不得不說是人生中的一大快事。

皮爾森酒廠車間門口，有一個微型的啤酒博物館，我與妻徑直走到底樓，那是一家微型啤酒館，服務員們正在打掃衛生，後廚尚未燒火，因此沒有飲食供應。我們又折返爬到二樓，看到一台微型投幣機，也沒說投幣進去能有什麼東西出來，我試著揣測上面的捷克語，實在讀不懂。

不過好在只用投二十克朗的硬幣，妻認為是一罐啤酒，我認為可能是與酒廠有關的小紀念品，當我二十克朗硬幣扔進去時，忽然聽到哐啷一響，一枚硬幣滾了出來，拿出來一看，原來是皮爾森酒廠的紀念幣，與我在國家博物館看到的紀念幣極其相似。

妻子笑我用真錢換假錢，我卻感歎皮爾森酒廠的睿智，在他們看來，他們豈止是賣啤酒？分明是賣文化，他們售賣的，是一種精神理念。就在博物館的門前，我一眼瞥到了一家小超市，裡面售賣各種啤酒的酒具、器皿，以及棒球衫、貝雷帽、T恤衫和旅行包，無一例外，上面都打著皮爾森的戳記。

在櫃檯上，有一個小小的紙板，上面印著這樣一段話：

在皮爾森啤酒廠，你可以盡情地享受一切。
不只是啤酒的甘醇，還有純粹清爽的生活方式，
這裡，就是皮爾森。

你看，只用幾句話，就把皮爾森的風味，全部勾勒出來了。難怪當地的朋友說，現在皮爾森成為了一種釀造工藝的代稱，皮爾森酒廠開發出來的「巴伐利亞窖藏啤酒下層釀造法」被簡稱為「皮爾森啤酒」，雖然傳遍整個歐洲，已然形成了規模化的生產運作並在德國、荷蘭都有「皮爾森啤酒」生產，但皮爾森啤酒作為一種可以品嚐到的文化，全世界也就只有捷克皮爾森這一家。

捷克的皮爾森啤酒至今仍遵古法焙製，啤酒花、麥芽皆當地所產不說，連一些製造工藝也都是當年老祖宗傳下來的笨辦法，如敞開的酒桶與地下酒窖等等，據說這種釀酒法在歐洲甚至中國都已經淘汰，但皮爾森人仍然引以為豪，畢竟方法雖笨，但可保證味道上佳。而現在世界上許多酒廠，早已懶於做這種笨事情，而是走捷徑、抄近路，開始用最快的辦法，盡可能地提高產量，像我這樣的外行人當然難於分辨，但內行的舌頭只要一嘗，高下立判。

當時我們還打算去地下酒窖，但是那幾日酒廠並不開放。服務員告訴我，一年裡，皮爾森的地下酒窖開放時間極其有限，運氣好你可以下去斟一杯桶裝啤酒。我聽得心癢，一想鮮釀啤酒的美味，就很想去碰碰運氣。

結果不死心走到地下酒窖旁時，發現木頭門上一把鐵將軍，上面的告示很清楚，為了避免空氣、濕度與溫度對酒體質量有影響，人家就是這樣認真，一道道程序，童叟無欺。

縱觀皮爾森的釀酒工藝，不得不說由一道道極其麻煩的程序所累積。但是這種麻煩恰又體現出了一種獨特的文化形態。釀酒除卻溫度、濕度、氣壓、原材料與工匠技術之外，不可或缺的便是時間，若釀酒者丟失了時間，味道自然也就失去了一大半。

我們本想去博物館看看，可惜我們到的太早，博物館沒有開門，我與妻等待著小超市的營業員上班，等了一會兒，來了一位女士，我選了一罐皮爾森啤酒，售價與國內差不多，打開之後，不知是不是心理作用，發現果然清香撲鼻。

我說，香味可能是因為新鮮，酒廠門口的酒，或許就是現做的。妻不相信，端起酒罐一看罐底，出廠日期雖不太新鮮，但竟是四月二十六日，正是我們結婚登記的那天。

皮爾森的酒廠不大，兜完一圈，約一個小時不到的光景。

捷克本身國土面積小，丘陵山地多，老祖宗一代代往下傳就有惜地如金的好傳統，所以當年皮爾森酒廠初創時，也只是購置了一塊剛剛好的土地，不大不小。時至今日，酒廠不見擴張，也不見萎縮，產量品質都能保證，沒有大幅度的增減。

在捷克，你根本看不到集團化的企業，Bata只做皮具，賣成了世界級的翹楚，斯柯達只做汽車，成為了國際名車之一，而皮爾森靠做單一的啤酒生意，為全世界的皮爾森釀造技術奠定了行規，捷克人雖然在骨子裡有怯弱、延宕的一些劣根性，但做一件事情，就是一件事情，這便是捷克人的本事。

回到酒店後，我翻看一份英文報紙，上面有講皮爾森酒廠的來龍去脈，早些年這裡根本不提供參觀項目，也沒有誰來參觀，後來由於有一些自己駕車來買酒的客官，要吃要住，所以周邊的旅遊業才漸漸發展起來，至於現在我們看到這個所謂「工業旅遊」，更是陰差陽錯，旅遊者一多，酒廠要招攬生意，自然就要安排、保留了一些老的設備，還開闢了專門的領地做博物館與主題商品超市，時間一長，皮爾森自然就不止給遊客供應啤酒了，當然還包括除卻啤酒之外的啤酒文化。

傳統老工業城市變身旅遊城市，這是擺在世界上所有工業城市面前的大問題，也是人類科技文明發展到一定程度在城市化建設上所做出的必然選擇。這就像是半個世紀前的小城鎮工業化一樣，傳統老工業城市旅遊化，也是大勢所趨。

這個問題也曾困擾我，我知道，要解決，談何容易？

工業城市非但存在著治安不好、環境衛生較差的普遍性問題，而且長期以來，缺乏發展旅遊業的內在因素，人們不願意去旅遊、觀光成為了一個邁不過去的心理坎兒。

我曾不止一次地去過瀋陽、鞍山、常德這些城市，它們都迫切地希望可以將自己的「工業城市」標籤撕掉，轉為「無煙工業」的旅遊業，因為這裡的居民已經飽受了近百年的煤煙污染，祖祖輩輩都生活在空氣品質低下的環境中。可是近些年來，這種轉型依然停留在口號上。我也曾與來自於班加羅爾大學的朋友聊天，談起過班加羅爾的轉型，但他對於班加羅爾的旅遊建設亦表示出了自己的擔憂，「世界上所有的工業城市，普遍存在著缺乏文化底蘊這一問題，而旅遊業需要的，恰是文化。」

我到臺灣時，很想去參觀高雄的「駁2藝術特區」，因為我早聽人講過，高雄是世界上工業城市轉型為旅遊城市最好的範例，但是由於行程的原因，我錯過了。

錯過了高雄，就不可能錯過皮爾森。

帶著問題遠行，帶著答案回家，是我一直以來的旅行法則。當然，我這次到達皮爾森，正是帶著這個問題而來。

歐洲不少媒體認為，皮爾森是老工業城市轉型為旅遊城市的最佳範例之一，而且這種轉型相當漂亮，城市的主政者不但重修了街道，更是將文化底蘊深入挖掘，把皮爾森的啤酒文化發揚光大，這種氣魄，不是一般的城市能幹的出來。

在皮爾森的一路，我仔細觀察過，皮爾森的市民素質決非一般城市所能比擬。莫說沒有過馬路闖紅燈，就連亂丟紙屑等情況都看不到。就在皮爾森酒廠旁，我看到一只垃圾桶，袋裝垃圾危如累卵般堆在垃圾桶裡，但桶的底部四周都十分乾淨，既無穢物，更無污水，甚至連污漬都沒有。

我驚訝於皮爾森的市民素質，一篇文章有談到過，稱皮爾森的市民「六成釀酒，四成造車」，這一說法明顯誇大其實，但皮爾森「滿城都是工人階級」卻是不爭的事實。但無論是席捲全歐洲的工潮鬧事或罷工遊行，幾乎與皮爾森都無緣。

當地的朋友自豪地說：皮爾森的工人，也是被藝術薰陶出來的，近半個多世紀的藝術浸染，早已讓這座城市有了變身為旅遊城市的資本。

恍然間，我彷彿找到了一直想尋但未尋到的答案。藝術可以讓人的節奏放慢下來，也可以讓一個工業城市降低它的節奏，使其找回工業文化的根基。無論是恢宏的交響樂，還是精緻的室內樂，抑或是畫展、歌劇或是芭蕾舞，這些藝術與釀酒的芬芳、文化的沉澱一樣，都是需要時間才能感悟的，而皮爾森，恰恰擁有了這樣的時間。

所以說，工業城市要想變身旅遊城市，就得放棄追求效率，把每件事情做精緻，讓工業生產與藝術美學結合起來。無怪乎汽車雜誌有評價：斯柯達汽車不是世界上產量最大的汽車，但卻是大眾汽車旗下最精緻的汽車。而這一切，必須又依賴於工業秩序的成熟，簡而言之，旅遊城市是工業城市的更高形式。

而亞洲的工業城市，現在正在「埋頭搵錢」的時代，今年產鋼千噸，明年就衝萬噸；窖藏酒經歷了無數次「科技革新」猶嫌慢了半拍，索性往裡面傾倒塑化劑。工人們每日上班好似機器人一般趕時間，恨不得秒針長在腳底下，就算是把音樂會的廣告貼到車間裡，也不會有人願意浪費一秒鐘的時間瞟上一眼，話說這些城市裡的基本工業秩序尚未建立，哪裡還有機會轉型為旅遊城市呢？

皮爾森的酒廠出門不遠，就是一家商場。

在整個捷克，或許是我孤陋寡聞，我沒有看到一家像亞洲那樣多功能的綜合大賣場（Shopping Mall）：地下超市和停車場，一樓化妝品和名錶，二樓到五樓賣服裝，六樓家電，頂樓遊樂城加電影院；無論是捷克首都布拉格，還是皮爾森、百威等其他城市，我都沒有看到。

從酒廠出門右轉，過馬路，穿越一條鐵路，便可以看到一片街區，在這座街區裡，有一個規模中等的商場，有點類似於臺北的西門町或北京的西單明珠百貨，裡面既有專賣店，也有雜牌小鋪，還有日用品超市與花鳥市場，種類繁多，但卻擺放有序，我們到達那裡時，已經是上午九點。

竟然沒有一家店鋪開業！

我與妻從一樓走到二樓，又從二樓轉到一樓，頭都幾乎要轉暈掉，可惜就是尋不到一家開業的店鋪，個別店鋪的老闆正在打掃門面，我們走進去看，她也不驅趕，只是告訴我們，他們統一九點半營業。

既然是私人生意，為什麼不能有顧客就把生意做了？

這是規矩。

什麼規矩？

老闆不再理會我，自顧自地擦著櫃檯。我們十點整就要從皮爾森離開，趕到另一座城市百威，我準備買些水在路上喝，這樣白白耽誤半個小時，肯定耗不起。

藉此機會，我與妻對這家商場進行了細緻的研究，發現他們雖然各自租賃門面經營，但卻信守許多共同的準則，譬如會有店鋪老闆主動負責自己承包的公用地面，還會有一些老闆主動將一些水桶、拖把搬運到盥洗室裡去。忽然有個胖員警走過來，甕聲甕氣地挨家挨戶詢問消防與治安情況，我跟在胖員警後面，準備拿出相機拍照，結果被他喝斥住了：

「嘿！我是員警！不許拍照！」

我忽然想到了在查理大橋旁遇到的水兵，在這個國家裡，除了總統府門口換崗的哨兵之外，其餘任何地方的員警與軍人是不准許被拍照的，我不知道這是否為法律所明文規定，但是我看到這個胖員警工作起來倒真是一絲不苟，他剛阻止了我拍照，就翹起屁股鑽到一個花鳥店鋪的貨架下方，可能是檢查消防隱患。

我看著錶，害怕錯過班車的時間，一看錶，還有二十分鐘時間，於是趕緊往一家超市裡跑，超市剛開門，人不多，服務員很熱情，看我很急，問我需要什麼？

我說要礦泉水，服務員指向一個貨架，一個工人正在卸貨。我走過去一看，一點五升的礦泉水，才六克朗，這價格太便宜了。

我甚至懷疑這水不是用來飲用或是特別難喝，服務員告訴我，這水便宜但不證明它難喝，因為是皮爾森本地產的，而且這水在歐洲各國都有口碑的，皮爾森造啤酒的礦泉水，就是用這個，我仔細一看，果然寫明原產地是皮爾森。

一轉身，發現旁邊還有賣修腳工具的，正好可以選一把好用的指甲鉗給父親，作為捷克的紀念。服務員又熱心幫我介紹，告訴我他們超市代理一個斯洛伐克的品牌，有八十年的歷史，我走過去一看，果然一個貨架上擺滿了一個牌子的修腳工具，物件做得精緻，但包裝極其簡單，也應了歐洲人的風格。

服務員太熱情，我只好走走看看，但又怕耽誤時間，忽然一眼看到在一大堆礦泉水背後，還有賣散裝的玫瑰花，六支玫瑰花一束，顏色各不同，我決定買一束給妻子，因為我答應過，一定要在歐洲買一束花給她。

皮爾森酒廠大門

皮爾森酒廠

皮爾森街頭

十五、茜茜公主、庫碧索娃
和馬泰休斯

百威這個名字，對於喝啤酒的人來說一點都不陌生，美國最大的啤酒供應商之一，就叫百威，而且拼寫一模一樣，這個城市的名字意為「波西米亞的布德維斯」，即南波西米亞州的首府。

這個地名有兩種譯法，港譯為「布傑約維采」或「巴德傑維契」，在臺灣、東南亞一帶的華人，還用後者這兩個譯名。但隨著啤酒工業的迅猛發展，百威這個名字早已是如雷貫耳，現在中國大陸的華人，知道後兩個名字的人越來越少，知道百威的人，越來越多。

捷克的百威市就是那個啤酒品牌百威的發源地，兩者就是一回事。

來到百威我才知道，在捷克人心中，有兩種啤酒，一個是國營企業百威，一個是私營企業皮爾森；前者是紅罐，後者是綠瓶，兩者的味道，也不盡相同。

二戰前，捷克國家托拉斯的百威啤酒公司，製造出的百威啤酒，遠銷世界各地，成為國際啤酒業的龍頭老大，彼時尚無健全的商標法，美國一家公司趕緊註冊了百威啤酒，山寨貨也銷往世界各地，踩著捷克百威的肩膀，包裝幾乎雷同，讓人分不清李逵李鬼，一下子打亂了市場。二戰之後，兩大陣營冷戰，兩大啤酒商也相互冷戰，東邊的世界喝捷克百威，西方的國家認為百威乃是道地美國貨。

哈威爾執政後，兩邊開始打官司。孰料訴訟之路漫長，兩邊各持己見，誰也不退讓，最後國際法庭不得已，判決美國的百威必須要從捷克的百威市購買啤酒花，才可以打著百威的旗子做買賣，而且在捷克、奧地利等中東歐國家，美國百威不許銷售。

我剛到百威時，又聽說，捷克政府深陷債務危機，決定丟卒保車、斷腕求生，將捷克的百威公司賣掉，這消息高興壞了美國百威集團，據說他們把東歐辦事處就開在捷克百威公司對面，時刻等待這一天，但這卻苦了捷克的老吃貨們，據說一大群百威酒客們遊行了好多天，意在阻止政府不可這樣做，崽賣爺田要遭報應。

好在我在百威的日子裡，百威還是正宗的捷克貨。

百威也有一個酒廠，參觀了皮爾森的酒廠，再看百威酒廠，真是小巫見大巫，以前我知道百威的大名，乃是因為它的老城廣場——普萊美斯・鄂圖卡二世（Otakar II）廣場，論面積，有一說這是捷克最大的廣場。這廣場旁邊有一個歐洲最大的迴廊，四周的建築也是五顏六色、美輪美奐；其中有一棟黑塔，乃是「三十年戰爭」之前的唯一未被戰火毀掉的建築，旁邊便是頗有名氣的聖米庫拉什教堂（Kostel Sv. Mikulas）——此聖米庫拉什教堂非布拉格莫札特曾演奏過的那一棟，兩者雖同名，但卻相隔數百公里。

據說爬到七十二米的黑塔頂端，可以俯瞰全城，但頂端有人收門票，我沒有爬上去，只是遠遠地望了一下。

鄂圖卡二世乃是歷屆波西米亞皇帝中最了不起的一位，他征服了大半個歐洲，成為了神聖羅馬帝國的實際統治者，但他在用人上卻出現了大漏洞，他重用哈布斯堡家族（House of Habsburg）中的成員，使得滿朝都是該家族的人士，最終，哈布斯堡家族的奧地利大公魯道夫四世（Rudolf IV）索性篡位，改稱神聖羅馬帝國皇帝魯道夫一世，並開疆擴土，將神聖羅馬帝國擴展為地跨大半個東歐的龐大帝國——這一帝國一直延續到拿破崙時代。

這麼說，有點像司馬氏家族篡魏改晉，還統一了全國。

只是，哈布斯堡家族裡有一個最知名的女人，這是蠢人輩出的司馬氏家族裡比不了的，這個女人就是茜茜公主。

歐洲的歷史是非常複雜的，特別談到神聖羅馬帝國時期的一些掌故，尤其讓人頭疼，我望著高聳的黑塔，努力想理出從鄂圖卡二世到茜茜公主的歷史脈絡，但實在想的太苦，只好作罷，於是與妻坐在廣場的躺椅上。陽光從頭頂上灑下，不遠處力士參孫的雕塑噴泉濺出了金色的水花，噴泉旁，成群的鴿子飛舞，旁邊有幾隻欄杆提供自行車停靠，年輕的媽媽帶著孩子在廣場上練習走路；典型的哥特式廣場風情，誰也模仿不來。

在捷克的廣場，我總是能看到不同的小孩子，百威的老城廣場也不例外，碧藍的天空之下，有在襁褓車中撲騰的嬰兒，也有蹣跚學步的幼童，還有騎著自行車的學生，他們的無憂無慮，讓你會發現一個更加真實的歐洲，孩子的臉是一個國家最真實的寫照。在大多數人看來，歐洲的節奏是緩慢的，緩慢到用時間可以過濾掉一切憂愁。

廣場上人群開始多了起來，我幾乎忘記了這是一個週末。除卻小孩子之外，大人們也漸漸地多了起來，人多但不擁擠，大家都各自忙各自的事情，沒有圍觀、沒有喧嚷，這就是捷克。

地圖顯示，百威是捷克中南部的一個小城市，它比皮爾森更小，在許多人看來，這座城市除卻這座老城廣場與一座酒廠之外，幾乎一無所有，這一說法或許有不切實際之處，但卻也真實地反映了一個城市的獨特文化；歷史悠久是一方面，受到紅色波西米亞浸染則是另一方面。

從國營的啤酒廠就能看出，百威乃是蘇聯當年統治捷克的「重災區」，但哪裡有壓迫，哪裡就有反抗。在百威，曾誕生過另一個聲名並不遜色於茜茜公主的女人，她曾翻唱披頭士樂隊的《Hey Jude》而使得這首歌聞名全捷克，成為了「布拉格之春」的文化推手，並且在其後以女政治家的身份代理過哈威爾的職務，受到警方逮捕，她演唱的《瑪爾塔的祈禱》成為了捷克人民反抗蘇聯暴政的精神武器，並被捷克人奉為第二國歌。一九八九年十一月，她與哈威爾一起站在瓦茨拉夫廣場的陽臺上，完成了捷克的民主化改革。因為她為捷克爭取重獲自由和民族尊嚴鬥爭所作出的巨大努力，捷克人尊稱其為「捷克的貞德」。

她的名字叫瑪爾塔・庫碧索娃（Marta Kubišová）。

捷克人尊重所有為民族獨立而做出過貢獻的人，因為這個民族受壓迫太久了，好不容易在鄂圖卡二世的時候出了口惡氣，緊接著又被統治、被壓迫、被奴役，因為國土面積太小，文化底蘊又太深厚，神聖羅馬帝國的那些年頭裡，捷克算是吃盡了苦頭，大大小小的戰爭打了幾十年，最終的結果還是逆來順受，熬到二戰，走了德國人來了蘇聯人，如果不是哈威爾，不知道捷克人的解放還要等多久。

坐在鄂圖卡二世廣場上，回想著從茜茜公主到庫碧索娃的幾百年歷史，在人類歷史最為寬闊激蕩的近現代史時期，捷克一分鐘都沒有閒著，它頻繁地參與到人類現代文化的構建當中，當然，其中最有名的就是「布拉格學圈」。

百威再往北一點，就是布拉格學派的祖師爺馬泰休斯（Vilem Mathesius）的故鄉帕杜比斯（Pardubice），因為帕杜比斯在神聖羅馬帝國時期算是百威的轄區，所以很多學者認為，馬泰休斯就是百威人，百威人也自得有這樣一位學界耆宿作同鄉。論馬泰休斯的貢獻，可能不如R・雅柯布遜（R. Jakobson）、穆卡若夫斯基（J.Mukarovsky）等人貢獻卓著、聲名更大，但若沒有馬翁當年一己之力的奔走，也不可能有後來的布拉格學圈，甚至在日後影響到世界語言學界幾十年，並決定了人類語言學研究的若干走向。

而這一場文化大戲的開幕，就是這樣一座小小的城池。

毋庸置疑，捷克是一個小國，百威是一座小城，但在這樣一座小城裡，卻見證了從神聖羅馬帝國至今的風雲變遷，戰爭、政治、文化輪番上演，民主、文明、野蠻接連呈現，若非親身踩在這片廣場上，這種歷史的穿透感，根本不會產生。

想到這裡，我抬起頭，發現聖米庫拉什教堂頂部的純金波西米亞雙尾獅徽章，正在熠熠閃光，光芒有點刺眼。

產啤酒的工業城市，竟然可以有這樣的文化底蘊，這點我委實不敢想像。捷克這個國家在地圖上就是那麼微不足道的一小塊，對於大多數大國來講，它幾乎可有可無，甚至當地的朋友告訴我，捷克不如中國的一個省大。

但是捷克卻又是一個蘊含著巨大能量的國家，離開百威，我們將要去的下一個城市叫克魯姆洛夫，這是被稱之為「夢迴古歐」的一座城堡，我早就聞聽過這座城堡的大名，只是從未有親自看一眼的機會，這次算是如願以償。

從布拉格到卡羅維發利、昆特拉霍拉、皮爾森、百威再到克魯姆洛夫，我早已失足跌進了波西米亞王國的世界裡。

來到捷克之前，我曾自詡瞭解捷克，甚至還跑到一些圖書館、學校去給一些聽眾做過捷克文化的講座，但實際上，我對於捷克的理解是極其片面的，無非是一點掌故、一些歷史的文字碎片而已。捷克雖小，但卻深邃，難以捉摸，激蕩時如哈威爾，沉穩時似卡夫卡。任何人都可以笑話捷克人怯懦，可必須正視為「布拉格之春」獻出生命的青年；誰也可以輕易否定哈威爾的觀點，但無法迴避一個從囚徒到總統的偉大人格。

捷克是這樣的難以捉摸，就像是不同流派、不同式樣的建築，如果不是親歷，若不是有備而來，你根本讀不懂它，甚至還會產生誤讀。

從百威到克魯姆洛夫的一路，我就被如上這些問題所糾結，歸根到底一句話：捷克，究竟是一個怎樣的國家？

正如我前面所說的那樣，我周圍許多朋友，熱愛捷克幾乎到了發狂的地步，或遠或近，都有一些被冠之以「文藝青年」的年輕朋友，時常在網路上購買捷克的商品，用來裝飾自己的酒吧或書店，在他們大多數人看來，波西米亞大約等於羅曼蒂克。

可是，設若僅僅只是讀過基本昆德拉，或是曉得哈威爾的一些觀點，抑或閒時聽一下斯美塔那，這斷然算不上是瞭解捷克的，因為你在遠遠地觀望著它，但如我踏上了捷克的土地，依然覺得與捷克有著巨大的距離，因為它實在是太奇怪了；它像歐洲，具備一切傳統、經典、保守的元素，但它又不太像是歐洲；它不似英國人那麼刻板，也與自由的法國人不同，它有著自己的脾氣與個性，它來自於歐洲，卻站在頂端，高傲地俯視著整個歐洲。

公正地說，它應該算是東歐民主化轉型較為成功的範例國家，目前如波蘭、羅馬尼亞、保加利亞、阿爾巴尼亞、斯洛伐克、南聯盟與匈牙利等國家，都不太好過，東德雖算是不錯，但基本上也算是拜西德所賜，但捷克卻是自力更生改變命運的活樣本，而且哈威爾的政治觀點，現在已經在全世界有了不少的追隨者與研究者。

捷克人務實多過浪漫，這是我對於捷克進一步瞭解而得出的結論，我與妻在布拉格、皮爾森街頭閒逛時，發現捷克女生的穿著之簡單，女裝店服裝之普通，幾乎到了平庸的地步，除卻Zara或優衣庫（Uniqlo）這樣國際連鎖的服裝店之外，他們本國自己生產出來的衣服不但種類稀少，且樣式簡單。

從這點來看，捷克受德國影響嚴重，強調實用主義風格，其實細細看來，捷克人在政治上的選擇亦是如此。為了保全本民族的傳統文化與歷史遺跡，捷克人一次又一次地投降，但為了爭取自己的基本權益，捷克人又在投降之後，一次又一次地反抗，投降與反抗之間，守候的是最務實的自我利益。

若是因為那高聳的尖頂教堂就斷定這裡是浪漫的故鄉，那必定大錯特錯，斯美塔那最愛的烤肘子和德沃夏克喝過的啤酒也未必能證明這一切與浪漫有關。遠去的經典，我們無法將其與浪漫畫上等號，儘管那一切看起來是那麼地接近浪漫。

捷克的浪漫，只展現給並非來自捷克的人欣賞，這聽起來是那麼的奇怪。

是的，捷克人從來不認為他們的生活與浪漫有關。我在捷克的一路，從布拉格到克魯姆洛夫，捷克人說的故事，都與浪漫無關，對於他們的日常生活，好像也與我們別無二致。

所以，在波西米亞的發源地，我卻幾乎找不到一件鑲有蕾絲花邊的衣服，在路邊的咖啡館裡，我真還難看到傳說中的小提琴手，大家都很平常。但事實上，波西米亞的浪漫，是滲透到骨子裡的，你一眼看到的教堂與聽到的斯美塔那，那是捷克人務實的日常生活，從務實裡再滲透出的，那才是真正的浪漫。

但是要透過務實，再讀懂這種浪漫，真不得不說是件費事的事情。

從百威到克魯姆洛夫的一路，我看到的是周圍寬廣的田地，有的是小麥、玉米、葡萄，還有種植苧麻，克魯姆洛夫是捷克的重要麻產區，類似於中國的湖南益陽。農田裡的屋舍，是那樣的可愛，幾乎每一棟屋舍的外牆，都是不同的顏色，但相同的紅色或是白色的屋頂，窗臺上掛著紅色或是紫色的花籃，看起來是那樣的風情萬種。

其實這種風情，歸根結底也非刻意而為之，而是捷克人的日常生活。外牆顏色不同，大概是因為受潮、光照不一樣，再加上原本牆體底色有各自有別而導致，而窗臺前擺放花朵，乃是老祖宗就傳下來的規矩，也並非為取悅何人，而一望無際廣袤的田野，則是捷克農民安身立命的本錢。

在捷克，城市就是城市，老教堂林立，街道逼仄，充滿歐陸風味，鄉村就是鄉村，一派田園景觀，視野無比開闊。

所以說，在從布拉格到其他城市的那些行走日子裡，我一直尋不到「城鄉結合部」這樣奇怪的結構。「城鄉結合部」可在中國非常常見，你說是農村，它卻有著小超市、小街道，近似於城市住宅社區的院落，且幾乎看不到農田；你說是城市，卻牛糞滿地，垃圾遍野，馬路上人車相擁，讓人感覺很受憋。

這類不是城市也不算農村的結構，在捷克我根本看不到。

我想到臨行前瑪拉沁夫老人對我說的那番話。確實，在捷克的管中窺豹，便可以看到一個真實的歐洲鄉村，在歐洲沒有戶籍制度，鄉村與城市的人都是平等、幸福的。譬如說在捷克，農民與市民所享受的各種待遇是平等的，農民成為了農場主，他不會想去變身「城裡人」，他會堅守自己的鄉村生活，而城裡人無論多麼富裕，他也不會干涉鄉村的生活方式，最多會在假期到農村來度假。

在捷克的鄉村，沒有高速公路的侵佔，也沒有「城鎮化」的各類問題，城鄉二元對立，不但更好地保護了人文、自然環境，亦更好地保證了社會心態的穩定。

「在一九九〇年之前，我們就是如此的。」當地朋友補充了一句。

在去捷克之前，我曾讀到過一位清華大學的教授對於捷克的研究著述，其中有一個觀點我記憶猶新：捷克在戰前就有很好的立憲制度與公民社會的傳統，所以捷克才不會在轉型時產生內亂與不適應。我高度認同這一點，這等於從歷史的高度肯定了馬薩里克的貢獻，而我們今天看到捷克一切美好，都與這一脈相承的民主思想密不可分。

所以，我們應該感謝馬薩里克，感謝捷克的戰前時代，可以留給我們這個世界上最好的風景。

廣場上的孩童

黑塔

鄂圖卡廣場

十六、另一種波西米亞

克魯姆洛夫的捷克語全稱叫Cesky Krumlov，意為「捷克的克魯姆洛夫」，在香港和臺灣，這個地方被翻譯為「契斯基庫倫隆」，實際上與克魯姆洛夫是同一座城市。據悉，這座城市出美術家，一位是上世紀初的表現主義大師埃貢・席勒（Egon Schiele），另一位則是當代知名雕塑大師安娜・高美（Anna Chromy）。

從百威到克魯姆洛夫，大約兩個多小時的車程，捷克不大，一個城市到另一個城市用巴士就可以抵達，在一百年裡，一座城市裡出了兩位美術大師，這是不可想像的事情，而且據說，克魯姆洛夫也算得上世界上最美的城市之一，因為它很好地保全了中世紀波西米亞古鎮的樣貌。

這座城市算是伏爾塔瓦河的起源部位，克魯姆洛夫最早來源於德語，意思是河灣中的窪地，因為該城市為伏爾塔瓦河所環繞。歷史上，這座城市被維特科夫（Vitkov）家族、羅施姆別克（Romsbekey）家族、哈伯斯堡（Hapsburg）家族、愛根堡（Eggenberg）家族和史瓦森伯格（Schwarzenberg）家族等不同的貴族所統治，曾一度淪陷於德軍，又為美軍所解放。

車上的電視裡正在播放克魯姆洛夫的歷史掌故，克魯姆洛夫這座城市還是捷克啤酒的發源地，當年愛根堡家族在這裡首釀啤酒，即中古世紀的愛根堡啤酒，至今仍有銷售。那時才十七世紀，啤酒這一特殊酒類在克魯姆洛夫佔領市場並形成影響之後，才到皮爾森、百威兩地開花結果，形成後來聲望卓著的捷克啤酒工業。

美食多數時候和歷史有著密切的聯繫，因此大多數人會堅持認為，這裡的泉水水質優秀、味道甘醇，時至今日，歐洲很多國家的人都跑到這裡購買泉水釀造啤酒。

我半信半疑，在車上竟然打起盹來，不一會兒，車停了，眼前一片五顏六色牆體的紅頂老房子，遠處是一座斑斕多彩的高塔，峽谷之間的伏爾塔瓦河，散發出午後的斑斕光彩，再一看路旁的指示牌，原來克魯姆洛夫到了。

我們的車停在進城的巷子口，下車之後，我與妻折返到路旁，自己找餐廳。

在捷克，找餐廳是一件特別享受的事情，因為這意味著你可以在眾多的美食與優雅環境中選擇一個你最喜歡的，並在細膩溫和的陽光下，享受這一份選擇。克魯姆洛夫進城處，是一片略微開闊的場地，我們決定找一家西餐廳來解決長途跋涉帶來的饑餓感。

有一家餐廳，綠色的頂棚，外面坐著的食客都帶著愜意的笑容，牛排、意粉的香味直沖鼻孔，真是沁人心脾，服務員端著一扎扎的啤酒，優雅地穿梭於不同的桌案之間，我當時決定：午餐就在此解決。

在眾多的美食中，選擇一家心儀的餐廳，感覺很好，旁邊就是克魯姆洛夫的廣場，面積不能和鄂圖卡二世廣場相提並論，但也不算太小。坐定之後，服務員告訴我，要去店堂裡點菜，她會給我端過來。

我跟著服務員走進店堂，發現這裡與捷克許多餐廳的店堂一樣，都很狹小，但內裡收拾整潔，瓶瓶罐罐與一些紅酒瓶井然有序地擺放在貨架上，昏黃的燈光，讓我想到了卡羅維發利那間掛著獵槍的西餐廳，這種溫暖的感覺，只可能在捷克的西餐廳或是咖啡館裡遇見。

中餐很簡單，一杯啤酒，一杯咖啡，外加兩盤意粉，雖是大名鼎鼎的愛根堡啤酒，啤酒的杯子卻是百威的。我仔細品嚐再三，與先前的皮爾森啤酒味道大同小異，都很清爽。

但意粉味道卻別緻，是用魚子醬烹炒出來，外加不少的茴香籽，口味頗重，不像正宗的義大利風味，仔細一品嚐，反倒更接近德國的味道。

德國人口味重，影響到了周邊奧地利、匈牙利與捷克等地，我口味偏重，所以到了捷克能完全適應，妻口味偏淡，所以不太適應，但也能接受。因為個人飲食偏好的緣故，所以我一路認為，捷克是美食的國度，像烤肘子、烤卷餅與煙熏肉之類我喜愛的重口味食品，在捷克非常多見。

餐廳旁邊，是一個微型博物館，只掛著一個小橫幅，相當不起眼。我與妻決定一起去看看，走過去才發現，這個博物館根據地牢而改建，是關於酷刑的批判，名為酷刑博物館（Tortury Museum）。這種奇特的博物館，在捷克隨處可以看到，只有一有機會，捷克人就把對專制、暴政的仇恨進行最大限度的揭露與批判，對專制如此的仇恨，捷克算是東歐國家中最激烈的。

這種心態，在哈威爾那裡有了最明顯的體現。哈威爾自稱一輩子沒有政敵，他的敵人是就是反人性的專制，所以捷克民主化以後，他一度成為世界反專制的旗手人物，無論西方還是東方，他的追隨者數以萬計。

因此，我在捷克的一路，除卻在卡羅維發利之外，在許多地方，都看到關於從中世紀到蘇共執政時期地牢、監獄與刑具的展示。當然，有不少地區我錯過了。其中我看到的有些物件看似非但陰森可怕，更異常血腥，可見捷克人對專制恨之入骨。這種痛恨卻又反作用於民主的推行，據說東歐諸國曾經搞了一個民意測驗，幾乎所有民主化國家都有不少於百分之十的人認為「今不如昔」，唯獨在捷克，只有不到百分之一的人認為「今不如昔」，幾乎百分之百的捷克人都站到了哈威爾這一邊。

捷克人反專制，不停留在嘴上，哈威爾又給本身有些怯懦的捷克人壯了膽，所以現在我們可以看到捷克到處都有地牢，這個國家被外族統治上千年，可見這些地牢也算是捷克的民族之恥，但捷克人不以為是恥，相反更開誠佈公地歡迎大家來參觀。

位於克魯姆洛夫的這間地牢，裡面還有錄音播放，兼之以光影投射，受刑時的嚎叫聲令人毛骨悚然，在我們旁邊，還有一對年輕的夫妻，聽口音是歐洲人。女士更是害怕地躲在男士身後，就在她的頭頂，不知哪裡發出的一絲幽光，確實令人慎得慌。

地牢面積不大，走下去之後，左右兩側都是刑具展示區，主辦方還做了一些受害者的雕塑供後人瞻仰，其中不乏異教徒、政治犯等偷思想火光的異見人士。有一個講解員還告訴我們，捷克前總統哈威爾，就曾坐牢多年。

這間地牢很容易讓我想到在黃金小巷看到的那間地牢，兩者的不同之處在於，在克魯姆洛夫的這間，我看到了很多雕塑以及相關的簡介，批判力度遠遠甚於布拉格。解說員告訴我們，先前控制克魯姆洛夫的幾個家族，其中不少都是殘暴異常的暴君。

從狹小的地牢博物館出來，陽光明媚。

我們往左走，路過一個小型旅館，便透過城牆，看到一片紅頂的建築，雖離先前我們下車的地方不遠，但視角截然不同；登高望遠，透視的視角可以讓你覺得眼前的屋舍如是地層次分明，遠處的舒馬瓦山嶽、布蘭斯基森林與近處的城堡、屋頂，紅綠色錯落有致，並與遠處的彩繪高塔相映成趣，大塊的色彩成片地渲染出視覺的差異，彷彿一幅寫實的油畫。

建築景致決定民族藝術風格，在克魯姆洛夫的一路，讓我想到了八年前在江西婺源所看到的景致，那是白牆黑瓦、碧溪蒼穹的中國庭院與明清鄉村，在我眼前，那分明就是一幅水墨畫，亦凝鍊出了作為詩畫而存在的中國古典藝術。

而在克魯姆洛夫，這種豔麗多姿的色彩一下子就能把我拉到油畫的世界中，譬如出生於這裡的表現主義者席勒。

要想進入到克魯姆洛夫的主城區，必須要經過橫穿伏爾塔瓦河的大橋。與查理大橋不同，兩者雖都是橫跨伏爾塔瓦河，但查理大橋雄壯且精緻，算是世界上少有的知名大橋，橋下的伏爾塔瓦河靜謐柔和，宛如斯美塔那的旋律；但克魯姆洛夫大橋下的伏爾塔瓦河，水流湍急，發出嘩嘩的奏鳴聲，激流來襲時令人戰慄，宛如中緬邊境線上的瀾滄江。我壯著膽子俯視時，發現幾隻小的皮筏衝浪艇在裡面顛簸晃悠，河畔豎著一個牌子，注明是皮筏艇俱樂部。

克魯姆洛夫離奧地利的薩爾茨堡（Salzburg）不遠，薩爾茨堡是莫札特的家鄉，也是有名的山城。兩地雖屬兩國，但植被、地質情況均類似，屬於起伏較大的丘陵地帶。因此，我們看到捷克的水利部門正在此地修築水利設施，以藉其落差發電。

穿越大橋之後，便抵達主城區。在一家酒店的牆壁上，我發現了一朵五瓣玫瑰花，來之前我就聽說過，克魯姆洛夫有一個地方節日，叫「五瓣玫瑰花節」，當地人身著波西米亞風格的服裝，唱著當地的曲子，載歌載舞，彷彿如迎接新年一般，所謂的五瓣玫瑰花，其實就是羅森伯格家族的徽章。時至今日，在克魯姆洛夫的城區上，還有這樣一朵玫瑰花作為徽章，但當地人告訴我，克魯姆洛夫卻實實在在是不產玫瑰花的。

走進克魯姆洛夫我才發現，它其實是一座由無數條巷子所組成的古鎮，遠遠望去，有點像北京地安門、交道口一帶，只是北京地勢平坦，而克魯姆洛夫地勢崎嶇，總是要走上山路或是下坡路。橫跨大橋之後，擺在我們面前的，就是兩條巷子。

我與妻先走的是左手邊，石板路兩旁的建築都保持了十三、十四世紀的原樣，少部分樓上仍有住戶，基本上所有的一樓臨街都成為了各種各樣的鋪面。走在石板路上，我忽然想起來，多年前我曾在關於里爾克（R.M.Rilke）的一篇文章中讀到過對克魯姆洛夫的古董店的敘述，據說里爾克以前就曾喜歡來這邊度假，並在古董店裡淘舊書。我這一次既然也來了，就一定要循著里爾克的足跡，找到一家像樣的古董店。

由於沒有當地人指路，我們自己也沒備好功課——其實來之前我在網路上有查過，只是到過捷克的中國人太少，包括臺灣人、香港人的遊記在內，沒有誰提到過克魯姆洛夫的老古董店，我們只好自己一邊走，一邊看，坦率地說，在克魯姆洛夫，古董店並不好找。

終於，在兩條巷子中間的交匯處，我忽然瞥到街角有一個掛著Antique招牌的小屋子，門口擺著一套中世紀的盔甲，妻子眼尖，也發現了這間屋子，我們快步走過去，果然，這是一家古董店。

這家古董店與我們在布拉格查理大橋畔看到的那一家完全不同。無論是售賣的古董，還是裝修的風格，布拉格那一家更加雜貨鋪，而這一家更近似於博物館。店鋪裡面非常狹小，狹窄處幾乎不容我這樣的胖子轉身。裡面所出示的各類古董，基本上與宗教物件有關，從一人高的大十字架，到帶有刺繡的小香水瓶，應有盡有。當然，還包括一些教堂中才可能使用的器皿，如帶有聖經故事畫的咖啡杯、刻著聖經故事的金屬茶壺、聖母聖像與自鳴鐘等等。

這是我頭一次見到這麼多與宗教有關的古董，真是讓人目不暇接，有些古董陳舊不堪，沾滿塵土與污垢，老闆也懶於清洗，其中還包括納粹、蘇共對於當時宗教人士進行迫害的文件，都擱在櫥窗裡，既供展示，也可以售賣。

老闆是一個四十歲左右的絡腮鬍子，態度和藹，問我們需要什麼。我本想買一套中世紀的燭臺，但疑心過不了海關，妻決定買一隻帶有刺繡布藝的包銅玻璃小香水瓶，我順著妻指的方向一看，原來那香水瓶正擺在櫃子中間，開價五百克朗，我還價到三百五十克朗成交。老闆也是爽快人，在捷克買東西，卻用英語還價，這很有趣。

老闆耐心地用一張塑膠紙包裝這只小香水瓶，我忍不住問：「這隻小香水瓶大約是什麼年代的？」

「這個，大約是二十世紀四十、五十年代的吧，二戰以後的。」老闆回答。

說實話，我對於中國的古董，還有一點點鑒別能力，對於西洋文物，卻實在是無能為力。熟悉我的朋友都知道，我雖有收藏癖，但也僅限於中國的物件，西方的東西，我最多只是買一些便宜的錢幣或是信札、明信片，絕對不會去碰昂貴的東西，因為我不懂。

玩古董，必然會有自己不懂的領域，如果是為了學習歷史知識，當然你可以涉獵，但是如果是為了收藏，就千萬不要一腳踏進去，否則很容易血本無歸。我曾經有一次向老友賈樹諮詢，是否該去收藏一些西洋古董時，他作為古董行家便勸我，西洋古董涉及的國家太多、歷史太複雜，假貨又氾濫，一般人千萬不要涉獵。

所以，捷克的一路，我一直捂緊自己的錢包，時刻提醒自己不要被假古董騙了錢去，但是三百多克朗的小香水瓶，當做紀念品買下也不吃虧，老闆又十分實誠，告訴我這個東西的歷史並不久遠。

老闆包好香水瓶，遞給我，我又接著問，這裡面的東西，哪些值得買呢？

老闆看看我，低下頭，想了想，反問我，「你從哪個國家來？」

「中國。」

「太棒了！」老闆有些激動，「你知道，你們國家的歷史很悠久，我們這裡的這些東西，在你們那裡，算不得什麼。」

「你們的東西很棒！」我是由衷地讚美，「我喜歡布拉格，波西米亞，還有你們的歷史，文物。」

「對。」老闆拍了拍我的肩膀，「你喜歡，喜歡，這個詞很好，你要買的東西，一定是你喜歡的東西，對不對？」

從古董店出來，沿著臺階往上走，就會看到一扇碩大的水槽門，穿越這扇門，就到達了小鎮的核心地區，即被俗稱為「古堡區」的地帶，這是一段類似於長城一般的路，一側的牆壁上，都有並列著的槍眼，供守衛城堡的士兵使用。

我對克魯姆洛夫的歷史知道的不多，只好求助於當地旅遊集散中心提供的導覽圖，導覽圖稱，這座城堡在一三九四年因政變曾囚禁過瓦茨拉夫四世而得名，猶如拿破崙與厄爾巴島的關係一般，後來這座城堡的主人為施瓦森伯格家族，這個家族佔領該城堡兩百餘年，既不肯投降奧匈帝國，也不願意被捷克斯洛伐克共和國所統一，一直以一個占山為王的軍閥形式存在，後來德軍進犯，將其作為戰略要地佔據，美軍解放該地後，便交還給了捷克當局，使其成為捷克的一個區縣。

所以，在克魯姆洛夫，我看到了哥特式風格的屋頂、巴羅克風格的廊柱、洛可哥風格的教堂、新古典主義風格的窗臺、現代主義風格的咖啡店；數千年的封閉，能將皇權拒之門外，也可以把共和拋得遠遠的，但惟獨不能將藝術、文化拋卻無視。

這樣歷史曲折的一個區域，經歷了近千年的獨立之後，最終還是統一到了波西米亞文化的旗下，儘管其中包含了武力、爭鬥，但現在我們看到，克魯姆洛夫為捷克所統一，顯然是明智的，如果現在依然是家族治理、無法無國的一個區域，那該是歐盟多大的一個政治癥結？

拾級而上，從一群聖像旁走過，那感覺好似查理大橋一般，只是我的一側並非是伏爾塔瓦河，而是壯闊的奇景——紅頂的老房子，遼闊的河谷與高聳的教堂尖頂，這樣一種美輪美奐的感覺，只有攀登到最高處，才有可能看到。

前方就是彩繪高塔，是克魯姆洛夫的地標性建築，據說這座塔建成於十三世紀，期間當然也有很多次的翻修、維護，否則早已坍塌，塔內無甚可看之處，唯獨塔下有個小超市，售賣蓋戳記的明信片，上面的圖片就是克魯姆洛夫。

穿越這座塔，順著一條蜿蜒的上山路之後，便可看到城堡花園，導覽圖稱這是捷克最美的花園，我沒法與捷克其他的花園比較，所以無從下結論，但我相信，這一定是捷克最大的花園之一；約莫一個足球場大的花園裡，種滿了各種各樣的花朵，有些我確實不認識，有些我在皮爾森、百威等地見過。花園中的大噴泉至今仍在噴水，旁邊的雕塑與水法看起來栩栩如生，彷彿幾百年的歲月淬煉，並沒有在他們身上留下什麼印記一般。

因此，克魯姆洛夫整個花園給我的感覺就是壯觀，以壯觀為美，其實這種審美原則並不太接近波西米亞的精神，而是與日爾曼民族的審美情趣接近，在布拉格、皮爾森等一些地區，我看到的恰是移步換景般的小而精緻，像克魯姆洛夫這樣拔地而起的古堡、高聳入雲的彩繪塔與寬廣壯闊的大花園，還真是比較罕見。

所以，有人說，克魯姆洛夫是最不像捷克的波西米亞城堡。但我卻認為，克魯姆洛夫是最接近波西米亞風格的城堡，因為在克魯姆洛夫，我看到了另一種感覺的波西米亞。

伏爾塔瓦河源頭的賽艇

克魯姆洛夫的百威啤酒

克魯姆洛夫的酷刑博物館

我和古董店老板

十七、想到哈威爾

捷克人對老建築的保護，真的無出其右，這讓我們中國這個號稱有數千座古鎮的文明古國為之汗顏。

在克魯姆洛夫，我看到了關於老建築保護的一個經典範例，所有的房屋連油漆都保存為以前的老樣子，不作任何修飾，也不會為刺激旅遊業而想一些低俗的花招政績，當地政府的任務不是「全能型」的，而是以保護老建築為主。

我問當地人，你們政府的職責是什麼？

當地人回答：保護克魯姆洛夫。

在克魯姆魯夫的一路，我問了不少人，幾乎答案都一致。再問，就有有當地人告訴我，當時捷克政府準備在伏爾塔瓦河上游修建水利工程，一度還遭到了克魯姆洛夫不少市民的抵觸，甚至當地政府也跟著幫腔，因為在這座城市裡，保護古建築首當其衝。我看到的也確實是如此：沒有工業，農業也微不足道——大概只有一些苧麻的種植，其餘的產業幾乎沒有——如果那些沿街的小店鋪算零售業的話，在整座古城裡，除卻那些旅館之外，只有一個Bata的專賣店和一家捎帶著賣點碟片的書店，讓人看起來有那麼一點兒現代感氣息。

我試著觀察過細節，連外牆的下水管子都是生滿鐵鏽的，這座城市沒有什麼是假古董。

這種對於老建築的保護，我始終覺得，並非基於對於文化的敬畏，而是一種特殊的民族責任感。在我所接觸的捷克人看來，他們對於自己歷史的熱愛、自信，已經大大超越了我們這些來自於文明古國的觀光客。在我遊蕩在捷克的那些日子裡，不少捷克的書店老闆、餐廳老闆，會很熱情地向你介紹當地的風土人情，歷史掌故。

而我周圍的普通中國人，真正對於中國的歷史掌故，卻知之甚少，人文精神作為一種能量，並非單純以知識、書本的形式存在，而是普遍地蘊藏在社會最廣泛的人群當中。

中國與捷克擁有相近似的近代史，被奴役、被捲入戰爭、被共產主義征服，走改革的路線。甚至從某種層面上講，捷克比中國陷入的苦痛更為深重，因為捷克曾經從一個世界第四的工業國，因為蘇共的干擾而一落千丈，但捷克人並未因為陷入到這種危機中而慌亂，相反，他們淡定地沉浸在自己熱衷的音樂會、紅酒、咖啡與文學作品中，依然故我。

從克魯姆洛夫的城堡花園中走出，幾乎是原路返回，但在分岔路口，我看到了一條深約三米的壕溝，壕溝上有石橋，石橋兩旁是高聳的鐵柵欄。

我低頭一看，鐵柵欄下有兩頭棕熊。

來之前我努力找到一點點關於克魯姆洛夫的文字來讀過，以免做無頭蒼蠅，但就在這類有限的文字中，我還是讀到了關於「城堡之熊」的記載；據說，盧森伯格家族是在城堡裡養熊的鼻祖，當時乃是為了防賊進入，據說盧森伯格家族的姻親奧斯尼（Orsini）家族的家徽就是一頭熊——也有說法是，Orsini這個單詞，就是義大利語「熊」的意思。

我不知道我目前看到的這兩頭熊，是否就是當年盧森伯格家族養的那兩隻之後裔，如果是，那近親結婚千百年，不知道這兩頭熊愚蠢到了何等地步。可是我看到的這兩頭棕熊，頑皮可愛，身手敏捷，一頭自顧自地搶玉米吃，一頭正趴在一大截上木頭翻騰，一看它們便是優良品種，可見此熊與當年的兩頭熊並無直系血緣關係。旁邊一個導遊也在講解，這兩頭熊是後來從動物園投進去的。

從兩頭熊的棲息地轉身出去，又看到伏爾塔瓦河。

中國的古鎮我基本上都去過，無論是沱江畔的鳳凰古城，還是東干河畔的麗江古鎮，以及有溪流穿越的婺源；凡有古城的地方，勢必有水，這樣才顯示出如玉之溫婉氣度。乾涸之地雖有古城，但也是樓蘭古城那種「大漠孤煙直」的荒僻之境。

克魯姆洛夫也算是被水包裹著的古城，但對於古建築的保護，克魯姆洛夫的居民要遠勝於麗江、鳳凰兩地。在克魯姆洛夫的主城區，我幾乎看不到麗江、鳳凰的餐廳，在整個克魯姆洛夫的城堡裡，所有的建築都必須要維持原樣，對於環境污染的苛刻要求，在整個歐盟地區都堪稱最為嚴厲，其罰款數額之巨大，令我等發展中國家來客覺得乃是天價。

所以，我們一路上非常小心，生怕弄髒了牆壁、路面，然後讓我們傾盡盤纏。在伏爾塔瓦河畔，古堡的邊緣上，我一眼瞥到了一個販售當地手工藝品的集市，在克魯姆洛夫的城堡裡，只有這樣的商品或古董、紀念品之類，才可出售。

歐洲人重視環保，至於在世界文化遺產這樣的地方，更是將環保看的非常重。亨廷頓（Huntington）曾有過一個論斷：美國人重當下，歐洲人重傳統，東歐人尤其如此。雖然東歐的史不能與印度、埃及、希臘與中國相比，但東歐人對於自己的傳統更為看重，你說他敝帚自珍也好，自以為是也罷，總之，東歐人對於自己的歷史，總是恨不得讓全世界都知道。

在克魯姆洛夫，當地人會熱情向你介紹這裡的風物，因為在他們看來，這座城市本身就是上帝饋贈給他們最好的禮物。當然，除了在克魯姆洛夫之外，在布拉格、皮爾森、百威，我都可以聽到當地人對於家鄉的誇讚，這是一種超越民族性的公民意識，在大多數捷克人看來，捷克乃是塵世間唯一的天堂。

有趣的是，我周圍不少捷克的擁躉，其實也有一些是與捷克留學生、商人接觸之後，轉而愛上捷克的。假如只是單憑伏契克（Julius Fucik）、里爾克、卡夫卡、昆德拉或哈威爾的作品，就能讓人愛上一個國家，這恐怕是有一定難度的，昆德拉就說過，一個國家最好的宣傳者並不是一份報紙、一個電視臺或是一個作家，而是數以萬計的國民。

所以，他們才會這樣善待自己的建築、歷史與文化，以至於會讓你也跟著一起善待它。

妻拽著我在集市上閒逛，我對於一些工藝品雖然不感興趣，但也看著好玩，因為捷克的不少工藝品，看起來實在是太粗糙了，其實說到底，歐洲人做東西，細節上確實不如中國的工藝品，尤其是一些看似具備收藏價值的工藝品如茶杯、玻璃器皿之類，據說都是中國的一些沿海小廠為他們代工的——後來果然我在中國的網路商店裡看到與捷克一模一樣的茶杯。

在集市的盡頭，我看到了一台織布機，我早知克魯姆洛夫及其周邊地區乃是捷克有名的苧麻產地，織布機便是用來織麻使用，但和我看到的工藝品一樣，對於我們這些看慣了雲錦蜀繡的中國人來說，這台織布機所織出來的粗糙麻布料，最多只能做裝米的麻袋。

女老闆很胖，走出來招呼我們看看，一台織布機上掛著織了一半的布料，店裡有個大塑膠袋，裡面裝著約四五十斤麻線，案頭上擺著各種各樣的成品，有帽子，圍巾，還有毯子。女老闆好像不諳待客之道，拿了一件掛在牆上許久沒人試過的麻布外套，拿給我，讓我給妻子試穿。

我們嫌髒，不想穿，女老闆反覆說，這是她做的最好的一件衣服，一定讓我們「Try on」，妻子勉強穿上，猶如中世紀的女巫，趕緊脫下交還給女老闆，我環顧整個店面，就覺得掛著的圍巾不錯，雖然不太好看，但卻耐看，估計也保暖，於是買下一條，價格才三百克朗，比大陸同類產品要便宜許多。

在中國大陸，對於波西米亞的理解，就是色彩斑斕、元素混搭，但這是非常片面的想法，譬如我買到的這條圍巾，就在克魯姆洛夫這座充滿另類波西米亞風情的小鎮上，據說那個集市，便是大名鼎鼎的波西米亞大本營：施華洛世奇（Swarovski）廣場，每年春天這裡會有許多當地人舉著木偶，穿著民族服裝，舉辦一年一度的「波西米亞音樂節」。

但是，他們織出的圍巾卻如此地色彩簡單，只有黃黑兩種顏色，如果拿到一個沒有去過捷克的人的面前，他一定不敢相信，這條圍巾來自於正宗的波西米亞。

所以說，來到捷克之後，我才發現了一個新的波西米亞，甚至一度為自己的網名「布拉格之夜」而羞愧，先前我太不懂捷克了，只知道捷克有昆德拉、古城堡、大教堂、查理大橋，而這些東西對於整個波西米亞的文化而言，又是那樣的膚淺，若站在查理大橋或克魯姆洛夫的施華洛世奇廣場上，再回想自己先前在書本上讀到的那些句讀辭章，真的會覺得我們——當然也包括大多數的中國人，對捷克的瞭解，實在是少之又少。

在卡羅維發利，我曾看到了許多微型博物館，同樣，這樣的微型博物館在克魯姆洛夫也看得到，除卻那天正好不開門的席勒藝術館之外，最有名的當屬陶瓷藝術博物館（Mezinárodní galerie keramické tvorby）了。

這家博物館造於一間老房子之中，但老房子卻非常偏僻，在沿街店鋪的拐角巷子裡，如果不是門口一個現代派的雕塑，我想我一定會忽略掉它。

妻對於現代派藝術總是眼尖，她一眼看到鑲在門口的那根碩大但又造型奇特的陶瓷手指頭，於是，我們決定走進去看看。

說是博物館，就是依山而建的一個老房子，裡面也沒有怎麼裝飾，這家博物館肯定是以後現代或是現代派風格為主要展覽對象，我們一走進去，果不其然，裡面擺滿了各種各樣的陶瓷藝術品，從面容猙獰的人像雕塑到樣子古怪的日常器皿，應有盡有，甚至還有充滿東方古典風格的現代瓷器。雖然樣子各式各樣，但精細度都還基本盡如人意。畢竟克魯姆洛夫是安娜・高美的故鄉，出了雕塑大師的地方，做造型藝術的展覽必定也不會太差。

其實，這些東西在中國大陸也不少見，近十幾年藝術市場的開放，讓中國的雕塑已經到達了代風格藝術品，我並不陌生。

所以，當我看到克魯姆洛夫的這些藝術品時，沒有覺得驚訝，而且我對於這些過於玩弄形式的東西，也不太感興趣，但這種後現代的奇特藝術品被擺到古城堡裡時，一種歷史的穿透感就出來了。

這就應了羅哲文老先生的一句話，擺在廣場大街上的古董，才能被人一眼看出來。

這種跨越歷史的文化衝突，被作為一種觀賞性的藝術形態予以表現，然後將這種衝突擴大化。關於這一問題，我在《錦官城的星巴克》裡曾有提到，並舉了一個「星巴克」的例子，作為現代舶來速食都市文化的星巴克，在中國的選址，不少選在傳統的、在地的、古典的與慢節奏的地方，如成都的錦里、合肥的明教寺與北京的故宮，因為只有形成不同文化、不同歷史背景的差異性，才可以使得這種文化的特質得以表現。

所以，在充滿了中東歐風情的古堡裡，上演了這麼一齣現代派風格的雕塑展，雕塑並非要義，核心目標是使這古堡的風情因為現代的味道而更加古雅了，當我站在那一大堆現代甚至後現代物件面前，再回望門外的古城堡，對於那段我並不熟知的歷史，有了愈深的尊重與認同感。

那一刻，我明白了，這才是波西米亞的混搭。

長期以來，我們認為所謂混搭，便是無厘頭式的「廟街裡唱南音」、關公戰秦瓊般的惡搞，久而久之，頭戴花冠、身披彩紗的怪異裝束，竟然也成為了波西米亞的代表，我曾寫文章批評過這種胡鬧——怎麼什麼帽子都往波西米亞頭上扣？

混搭的目的，是為了更加簡單地突出主題，這才是波西米亞人的思維方式。譬如，在布拉格或皮爾森的街道上，我時常會看到一些佈滿塗鴉的牆壁，那多半是工廠，用一種童趣來表達工業社會的現代壓力與城市化，這當然也是捷克人的創意；再比如說，在捷克我時常能看到一些「社會主義建築」——這一問題我在前面已經提到過，其實，這何嘗又不是讓人更加對那些巴羅克、文藝復興式的老建築進行進一步地保護與明確呢？

哈威爾曾經說過，真相來自於比較。在反反覆覆地比較、權衡中，真相才會浮出水面，美好、痛苦、希望、絕望，其實人類一切情感，都是來自於比較，而混搭，恰能將這種比較用最快的形式予以實現。

說到底，混搭是一種實現意義的過程，而不是意義本身。捷克人彷彿喜歡把很多東西放到一起，然後將美好淬煉出來，這樣更多的人——尤其是外國人，看到的多為美好，而忽略了其他一些並非美好的一切。

克魯姆洛夫這座古堡，確實做到了「修舊如舊」，甚至一些因為歲月磨礪而荒廢的建築仍然予以了保存而未拆遷或重修，這已經是古建築保護中的較高境界，但我也看到，在這座城堡中仍然不乏有一些現代性的元素——譬如說賽艇俱樂部、陶瓷藝術品博物館以及街角頗具裝飾藝術風格的Bata專賣店。

因為現代性，讓古典的物件顯示出愈發古典的一面，你能說，這不是波西米亞人的智慧？

我從來不否認，捷克人是世界上最聰明的一群人，捷克民族是世界上最為睿智的族群，只是他們生不逢時，不斷因為災禍、國難、變故而淪為被殖民者、階下囚或是亡國之人。與德意志民族相比，捷克人擁有更為強大的堅韌性；與美利堅民族相比，捷克人更熱愛傳統與歷史的東西，他們既是曾經的「老牌社會主義國家」，也是現在的北約成員與歐盟申根國成員，這樣的轉變，確實可以讓匈牙利、阿爾巴尼亞這些「兄弟國家」望塵莫及。

來捷克之前，我一直被一個問題所困擾：作為一個老牌社會主義國家，為什麼捷克可以在一九九〇年之後，能夠如此順利地融入到西方的世界當中？

回國之後，有一個敏感問題，我也老被朋友們所提問：哈威爾的政治實踐，在中國可以被搬過來嗎？

這兩個問題，其實是貫通的，可以這樣講，來捷克之前，我也和許多人一樣，認為中國要想發展，必須出現一個哈威爾，但這種想法隨著我的捷克之行而改變。因為，哈威爾只是一個肉體個人，他能夠在捷克的民主化進程中發揮巨大的作用，與這個國家獨特的社會土壤密不可分。

捷克是一個奇怪的國家。

這個國家因為在馬薩里克之前，曾受異國統治多年，這樣的情況下，它很快吸收了歐洲地區的文化、思想與藝術成就，在捷克任何一座城市的街頭你都可以看到，這些建築風格，有的是拜占庭式，有的是文藝復興式，這足以見得捷克人對於先進文化的包容吸收性。無怪乎克里馬（Ivan Klima）用：「這是一個神秘的和令人興奮的城市，有著數十年甚至幾個世紀生活在一起的三種文化優異的和富有刺激性的混合，從而創造了一種激發人們創造的空氣：即捷克、德國和猶太文化。」來概括布拉格精神。

正因此，所以捷克人祖祖輩輩與其他歐洲人——尤其是英、法等啟蒙國家的人士，保持著認知上的一致性，他們雖然受奧匈帝國統治，但立憲、民主等啟蒙思想早已在他們心中生根發芽——這有點像英國統治下的香港，所以馬薩里克藉世界「解殖」的潮流，振臂一呼，捷克一下子成為了高度工業化的資本主義國家，並一度躋身世界四大工業國，而且還出現了卡夫卡、熊彼得（J.A.Joseph Alois Schumpeter）這樣的資本主義人文巨匠。

儘管二戰之後，捷克淪入蘇聯之手，國民經濟也一落千丈，但捷克人的立憲、民主思想卻一刻也沒有被抹殺，所以才會出現讓蘇聯人難受的「布拉格之春」，並且會讓哈威爾這樣的思想家迅速成長並崛起，待到哈威爾起草「七七憲章」時，捷克早已經是一個人口素質極高、憲政思想成熟並有著開放性人文積澱的大國。所以在民主化之後，捷克可以順利地融入到北約、歐盟當中，並成為世界上少數幾個高福利國家之一。

這種特殊的土壤與文化結構，造就了一個奇怪的捷克，我們可以看到，捷克人的骨子裡就是資本主義風格，或者準確點兒說，就是「小布爾喬亞範兒」，捷克人享受生活的態度，甚至超過了法國人、義大利人，他們是歐洲享樂主義的集大成者。連我熟知的幾位美國、西班牙朋友都感慨：捷克人，太懂得享受生活了。

這樣的國家，與中國的差距實在太大。

如上我說的這些，並非想否定哈威爾的偉大。在我心中，哈威爾一定是一位極其了不起並十分重要的政治家、民族英雄，但在一九九〇年的那場民主化運動中，他只是一個實踐者、一個執行者、一個卓越的推手，數百萬捷克人民與長期的憲政傳統，才是捷克民主化的幕後總導演。

我相信，我的觀點與許多中國學者的觀點有著較大的分歧，但這確實是我在捷克一路所看到、感受到的。我前面也提到過，捷克人對哈威爾、昆德拉這兩個人，並不太感興趣，相反，中國人愛上捷克，往往又是通過這兩位傑出人士的作品與思想，所以我說，中國人眼裡的捷克，並不是一個真正意義上的捷克。

當地的朋友說，捷克民主化以後，哈威爾未踏上過除了臺灣之外任何一塊大中華區的土地，包括香港。所以說，哈威爾對於中國大陸的政府有偏見，這也是不爭的事實。因為哈威爾的成見，導致了他在施政的過程中對於中國的態度也不是那麼友好。據說，在哈威爾執政期間，在捷克的電視臺裡，總是播放一些關於中國大陸負面新聞的電視片——這一情況在哈威爾卸任之後，才有所改變。

所以，捷克人眼裡的中國，也不是一個準確的中國。

克魯姆洛夫全景

小集市上的織布機

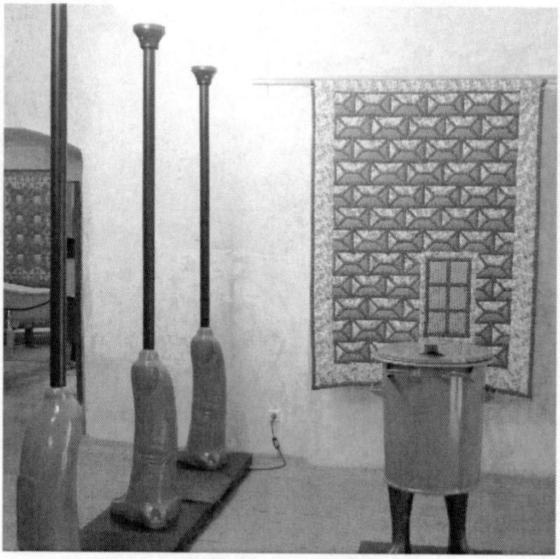

陶瓷博物館

十八、百年木偶

就在我開始寫這個長篇隨筆時，中國作家莫言獲得了二〇一二年的諾貝爾文學獎，這是第一位中國國籍的作家榮膺該獎，一百年來，不容易，這讓我想到一九八四年的諾貝爾文學獎得主雅羅斯拉夫・塞弗爾特（Jaroslav Seifert），他也是社會主義國家陣營中少數幾個該獎得主之一，而且很重要的是，他就是捷克人。

一些媒體在莫言獲獎後，刊發了德國作家馬丁・瓦爾澤（Martin Walser）對莫言意義的評述，「德國社會需要改變對中國的陳詞濫調和刻板印象」。當我看到這一句話時，我忽然想到的，就是捷克，以及塞弗爾特。

從克魯姆洛夫走出來，我一路想的這個問題，中國與捷克的相互瞭解、溝通，太不夠了。這種不夠，直接會讓捷克人與中國人共同產生一種文化上的誤讀，而這種誤讀又是需要被改變的。

在大多數中國人看來，捷克是民主、自由的象徵，是混搭、小資的家鄉，是美女、美酒的樂園，而為數不少的捷克人，卻認為中國是一個落後、極權、專制的大國。

所以，我在捷克那幾天，與捷克人交談時，他們總會驚訝於我竟然來自於中國。對於他們而言，中國是如此的遙遠，各方面又是如此的落後，他們怎麼可以會讓一個作家跑到捷克來？

克魯姆洛夫是我在捷克的最後一站，所以在那座城堡裡，多日來的遊歷又刺激了我的思緒，使得我一邊在城堡裡繞圈圈，一邊思考這個與文化衝突有關的問題。

其實，中國和捷克之間的關係，一直是奇特而又微妙的。

在我手頭上，有一份一九六五年出版的《捷克斯洛伐克反華言論》，由世界知識出版社出版，在二戰之後，捷克主張親蘇，而中國與蘇聯卻關係緊張，直至中蘇交惡，捷克共產黨幫著蘇聯批判中國，所以有了這本《捷克斯洛伐克反華言論》。但不久之後的「布拉格之春」，捷克轉眼間又站到了蘇聯的對立面，中國政府又開始將捷克作為世界「反修陣營」的一個同盟國對待，這樣糾纏不清的政治恩怨，一直持續到一九九〇年。

在這個過程中，捷克人民一直沒有變，所變化的，是捷克的執政者。

說到底，捷克和中國的差異，不只是政治制度、發展進程上的差異，更多的是由於民族、地域等諸多因素而形成的文化差異。捷克是工業國，而中國是農業國；捷克多年來是城邦政制，而中國是大一統格局；捷克被奴役多年，而中國卻一直未被完全殖民，始終保持中央政府的合法存在；捷克沒有領海，屬於內陸小國，而中國是世界上最長的領海基線國之一；捷克人幾乎全民信天主教，而中國缺乏的就是宗教；捷克受到啟蒙主義浸染近五百年，而中國從清末開始才有現代啟蒙思想；從憲政的角度看，捷克人已經有了數百年的憲政思想基礎，並誕生了熊彼得、哈威爾與柯西克（Karel Kosik）這樣一批影響資本主義經濟、政治與哲學進程的思想巨擘，而中國的憲政進程，其路漫漫。

種種表明，捷克與中國的差異，太大了。

就在我與妻在捷克度蜜月的那幾天，捷克總統夫人麗微雅・克勞索娃（Livia Klausova）正在中國訪問，這幾年，捷克和中國有了一些實質性的接觸，尤其是一些工業企業的往來，當地的朋友是一位華人，她也很感歎地告訴我，這幾年是「中捷關係的最好時期」。

但這種接觸明顯還不夠，舉個很簡單的例子，前面已經說過，在中國大陸，我幾乎可以買到世界上任何一個國家或地區——甚至包括挪威、埃及這樣小產區的紅酒，但唯獨捷克的紅酒根本買不到，有時候我與一些紅酒界的朋友閒聊，當我提到捷克紅酒時，他們都表現出了一種極大的興奮與驚喜，一位從事紅酒研究多年的朋友，曾這樣很直接地向我感歎。

「如果這輩子我有機會可以喝一杯捷克的紅酒，欣賞著捷克的歌劇，那應該是多麼美妙的事情。」

想著這個問題，我不知不覺地走到了克魯姆洛夫的木偶博物館（Muzeum Marionet），捷克的木偶劇很有名，所以才催生出了動畫片《鼴鼠的故事》，作者茲德涅克・米勒（Zdeněk Miler）是捷克最有名的畫家之一，這部作品曾因「社會主義陣營內部資源分享」原則，在上個世紀八十年代傳入中國並產生了深遠且廣泛的影響，但捷克的木偶劇一開始並非是孩子們的玩具，而是和一位音樂大師及其創作的文學巨著有著密切的聯繫。

這就是莫札特的歌劇《唐璜》。

一七八七年十月二十九日，《唐璜》在布拉格首演時，莫札特曾親自上臺指揮，謝幕五次、掌聲如潮，此時恰是莫札特的人生低潮期，他所創作的《費加羅的婚禮》在維也納遭遇一片噓聲，但《唐璜》卻忽然地在布拉格引發這樣的意外好評，這讓莫札特覺得極其匪夷所思：為什麼捷克人會如此地熱愛《唐璜》？

為了解答這個疑惑，莫札特專門在布拉格生活了一段時間，經過了一段時間的考察與瞭解，莫札特終於明白，《唐璜》中受壓迫、遭捉弄的小人物形象，恰是捷克民族多年困於外族統治的寫照，而小人物在日常生活中的獲勝，又恰滿足了捷克人的「精神勝利法」，鑒於此，《唐璜》在布拉格一炮而紅並倍受歡迎，也就不足為奇了。

而「提線木偶」的被指使、被擺弄，與捷克這個民族幾百年不能自主、無法獨立的形態又何其相似？

所以，由提線木偶所表演的木偶劇，很快在捷克風靡開來，克魯姆洛夫仍然保留著十八世紀的木偶劇院，只是我們抵達時，它並不營業——由於劇院年代久遠，一年只演出一場，但是劇院旁的木偶博物館卻依然開業。

「來克魯姆洛夫，不看看木偶博物館，是多麼不值得的事情。」在劇院門口，掛著一個這樣的標牌。

與克魯姆洛夫所有的「二樓博物館」一樣，要沿著一段蜿蜒逼仄的樓梯緩慢走上去，通過一個側邊的小門，才可以抵達木偶博物館。博物館內部很大，大約有兩三百平米，其中還包括一個小小的演出場所。

走進博物館之後，才感覺到真正的氣象萬千，這家博物館裡，至少陳列了四五百隻各種各樣的木偶與幾十種關於木偶研究的著述，有些木偶已經有兩三百年的歷史，提線早已斷裂，博物館換了兩根不能提動的新線，我一眼就能看出。但木偶的樣態仍栩栩如生，其中部分木偶臉上的油彩依然嶄新，再一看製造時間，竟是十九世紀中期的。

我從未在一間屋子裡見過如此多的木偶，每一隻木偶都由兩根繩索懸吊，部分老木偶被新線提著，遠遠望去，頭頂上都是木偶線，直通天花板，而眼前又擺滿了花花綠綠的木偶——有器宇軒昂的王子、神態詭異的巫師、英姿勃發的騎士、嬌媚可愛的公主、肥胖憨厚的店老闆，還有相貌猙獰的魔鬼，一部中世紀的風情史，盡在這木偶博物館裡。

我不知道這裡面哪隻木偶見證了莫札特當年的輝煌，但至少我可以確認的是，這裡所有的木偶，都見證了布拉格木偶劇最燦爛的歷史片段，他們曾是捷克大大小小劇院裡的主人翁，共同參與了捷克舞臺藝術的構建，如果沒有這些可以被提動的靈魂，捷克的舞臺藝術，真的不知道要晚熟多少年。

忽然間，我想到了中國的皮影戲，那曾是中國鄉村文化的縮影，多少人曾在昏黃的燈光下，聚精會神地看著幕布之後的關公、秦瓊？只是中國的皮影戲已經隨著電視、網路的興起被逐漸遺忘了，而且作為一種來自於民間的藝術樣式，它從未被請進宮廷，邀入會堂，享受達官貴人、紳士小姐們的掌聲，更未感受過莫札特這樣大師的親炙。祖祖輩輩，它只能為民間手藝人所把持，甚至因它有了市井氣，而多年來為權貴所不屑，被士林所鄙夷。

捷克的提線木偶，實在是太幸運了。

在木偶博物館，讓我產生了一種恍如隔世的錯覺，這種感覺我大約只在武漢的曇華林瑞典教區（Swedish parish）遺址感受過，那是抗戰時期武漢最安全的地方，據說也曾因為國際友人與宗教團體的庇護，發生過類似於拉貝（John Rabe）這樣的感人故事，但後來無人整理都散佚了。現在那裡住著的是武漢一家印刷廠的幾百名退休職工，裡面髒亂狹隘，唯有鑲木的壁爐與五顏六色的拼鑲玻璃才能讓人感受的到當年的苦難與輝煌。

我幾乎是被這些提線木偶牽著走的，因為我在找尋一段歷史，而它們恰知道這段歷史，在每一張陌生的面孔面前，我都要略微躊躇一下。最終，我在一位國王木偶的面前停留。

我決定為他拍一張肖像特寫，然後做成一張明信片，在年底寄給我在海內外的朋友。

在這個國王的身後，是一隻猙獰著的魔鬼。

克魯姆洛夫被稱為是最具中世紀風情的歐洲小鎮，這並非浪得虛名，這個小鎮也是歐洲地區聞名遐邇的環保示範小鎮；從博物館出來，我想買一杯果汁，結果發現這裡幾乎很難買到易開罐或是塑膠瓶裝的飲料，離木偶博物館最近的一家飲料店，裡面所有售賣的果汁，都是漂亮的女老闆親自用新鮮水果壓榨的。

捷克人愛一座城市，與中國人很不同，他們會把城市當做自己的家，真正地做到用心去愛、去善待，這一點我們超越不了，也趕不上。所有的克魯姆洛夫居民，都沒有把這裡當做一個斂財的地方。在這座古堡裡，所有商品的物價都和皮爾森或布拉格城區差不多——包括我在街角的Bata專賣店買到的一只旅行包，它與那條亞麻圍巾一樣，是一份與克魯姆洛夫有關的紀念品，因為我想用最簡單的形式，讓克魯姆洛夫的記憶，隨時可以用來提醒時刻旅行著的我。

走出克魯姆洛夫時，已是下午六點。

從一座城堡到另一座城堡，從一個教堂到另一個教堂，當然，捷克給我的記憶，遠非這些具象的建築，也不只是昆德拉、卡夫卡、伏契克、熊彼得與哈威爾這樣一群影響二十世紀西方思想史的人文巨匠，亦非從莫札特到德沃夏克再到斯美塔那的古典旋律，而是實實在在的具體風物，一個觸手可及的捷克。

從克魯姆洛夫出發，下一站就是布拉格，在捷克的其他城市沒有像樣的機場，只有布拉格的魯濟涅國際機場——就在哈威爾誕辰七十六周年的二〇一二年十月，這家機場已經改名為哈威爾國際機場，據說始發或經停的航班可以通往歐洲甚至世界各地。

再度回到布拉格已經是一個臨近深夜時刻，布拉格之夜，真是寂靜。我們從郊區進城時，發現車流量與人流量已幾乎降到了最低點——只是略微比皮爾森繁華一些，我們的車從高架下來，穿過白日裡繁華的街區，再繞過跳舞樓（Dancing house）——又叫「金格與弗萊德（Ginger e Fred）之樓」與瓦茨拉夫廣場，越過伏爾塔瓦河，直抵我們入住的酒店。

布拉格的夜，安靜的讓你可以懷疑，「布拉格之春」真的存在過嗎？

次日清晨，我與妻再度散步於布拉格，當我第一次看到布拉格的景致時，我幾乎驚訝的瞪圓了眼睛，但當我第二次看到布拉格——而且是從百威、皮爾森、克魯姆洛夫等地一路回來時，對於布拉格的感觸，已大有不同。

布拉格的街頭，最多的是水晶店，我在前面已經講過，這種水晶店所售賣的水晶，無非是玻璃工藝品，大多數實在是做工粗糙，細節處不忍卒看，做工精緻的，又是碩大無比的花瓶之類，而且布拉格與武漢山水迢迢，我根本無法將這類器皿搬運回去，所以只有作罷。

但這些水晶店的老闆對於顧客卻都很熱情，沒有中國大陸一些旅遊用品商店老闆的那種盛氣凌人，你就算不購買東西，在裡面拍照也是許可的，而且一些老闆還會為你拍照，熱情的讓你非要買點什麼才好意思出門。

我們念念不忘的，是捷克的紅酒，因為在捷克那段時間不必開車，那幾日應該是我喝酒最多的時候，每到一處餐廳，紅酒、啤酒，能夠喝到的，我必不放過，雖是小酌，但總量也應不小，啤酒有氣體，不太方便在長途飛機上攜帶，而且我也不太感興趣，但捷克的紅酒，我必須要收藏一瓶。

錯過了昆特拉霍拉，絕對不能再錯過布拉格。

從新城廣場往瓦茨拉夫廣場的方向，有一家酒窖，我先前坐車路過時便有看到，這次自己步行，當然不可放過此地。酒窖裡面不大，但捷克本地的酒，卻著實不多。

據酒窖老闆介紹，他們主要做歐洲的外貿生意，捷克雖然有味道不錯的紅酒如昆特拉霍拉等地所產，但卻未拿到歐盟的釀造認證，屬於坊間私釀，最多只能擺在自家門口售賣，決不可進品牌商城，更不許出口到外國銷售，捷克能夠有歐盟認證的酒莊，可以說不算太多。除了熊彼得的家鄉摩拉維亞（Morava）有幾家之外，其餘都不太出名，有的甚至根本不為人所知，拿到布拉格這樣的國際市場上，也難以脫手。

我挑了一瓶年份與酒莊都算上佳的酒，說實話，有點興奮，甚至還有點小得意。作為一個熱愛紅酒的人，能夠在異國他鄉——而且是自己一直熱愛的布拉格，淘到一瓶自己喜歡的紅酒，這種興奮的感受，很難用文字來表述出來。

酒莊老闆很熱情，他告訴我，捷克雖然屬於紅酒小產區中的小產區，其紅酒釀造量在全世界幾乎不占比例，近幾年才略微上升，成為所謂的「新秀之國」。但捷克卻是世界上少數幾個人均消耗紅酒巨大的國家，據說每年在人均二十瓶以上。

捷克人喜歡清閒優雅的生活，所以這是一個小說家、音樂家、思想家輩出的國度，有人說，苦難出文學，窮而後工，但我更相信，過於苦難是也是出不了文學的，而捷克就是一個典型的個案，很多年來，他們人均雪茄、紅酒與咖啡的銷量位居世界前列，鋼琴人均擁有數與奧地利並列世界第一，包括物資奇缺的二戰時期。由此可知，這是一個懂得享受的民族，還是一個能夠並敢於把握生活真諦的民族。

這種性格決定了捷克人在骨子裡並不太好奴役，他們的隱忍功夫並算不得上佳，至少與中國人相比，差遠了。捷克人可以被統治，但不能被奴役，尤其是他們精緻的日常生活，絕對不能夠被政治所干預——所以捷克人才會千方百計地讓自己重新回到曾經美好的生活當中。從神聖羅馬帝國開始，到奧匈帝國、蘇聯共產黨，一路下來，捷克人不斷在抗爭中尋找希望，在希望中繼續謀求抗爭的權力，然後，又在謀求權力的過程中受挫，反反覆覆，吸收了先進的政治文化與思想理念，終於，在一九九〇年等來了哈威爾。

在來到捷克之前，我片面地覺得，捷克人其實是一個適時的民族，它懂得借助力量，適應潮流。在「解殖」大潮中，它謀求到了民族獨立；在上個世紀六十年代，他又與中國、匈牙利一道，反對蘇聯的專制，播下了思想解放的火種；在上個世紀八十年代末的東歐劇變中，它又謀求到了政治進步，可謂是步步為營，次次抓住好機會。

但到了捷克之後我才發現，對於捷克人來說，時代所造就的機遇當然很重要，但是捷克人對於現代政治的認同與熟悉，也超過了世界上絕大多數國民，至少不亞於英國人與美國人，這是捷克可以實施憲政的基礎。如果沒有這樣的國民，馬薩里克、哈威爾，只能成為流亡他國或是身陷囹圄的空想主義者。

捷克人對於政治並不熱情，這相反地更顯示出了一種政治的成熟，因為他們對於自由、民主、人權這類人類嚮往的普世價值，早已在握，根本不必為之興奮動容。他們會把更多的時間放到咖啡館、音樂會或是度假的路上，這對於他們而言，才是生活的本質。

女老闆榨果汁

木偶博物館

布拉格啤酒杯

可愛但不甚精緻的布拉格水晶

十九、最後一夜

離開捷克之前，還要在布拉格住兩個晚上，看來，我與布拉格之夜，果然緣分不淺。

布拉格許多酒店沒有大床，都是兩張小床一拼，所以睡覺並不是很舒服。歐洲的酒店也都難得有大陸、臺灣香格里拉、華美達這樣的奢侈，在布拉格最好的酒店是洲際酒店（Intercontinental），外面看起來當然很奢華，但裡面的裝修陳設，也非常一般。

歐洲人對於日常生活的要求，絕對不是「在路上」的奢侈，這點捷克人學到了，而且做得相當棒，他們會拿出自己的金錢與時間，用在閱讀、音樂、咖啡與品酒上，而不會成為國際大牌與豪車的購買大國，至少在除了皮爾森，我幾乎看不到豪車；除了布拉格，我看不到國際大牌的專賣店——這類貨物被中國人稱之為奢侈品。

在我所接觸的捷克人中，他們的奢侈品概念與所有中國人是不同的，捷克人普遍認為，奢侈品絕對不是日用品，而是油畫、古董、好酒、唱片、郵票與優質圖書這樣的收藏品。

我第一天見到的那條巴黎大街，就是所謂的奢侈品專賣店一條街，據說都是華人在購買，更有苛刻者認為，這條街基本上被中國人撐著，因為捷克人很難用幾千歐元去買一只皮包，或是用幾百歐元買一件襯衣，在他們看來，這些東西都是可以在Zara、New York這樣的百貨店裡購買到的，而如此昂貴的付出，只能購買可供收藏、有藝術價值的收藏品。

據說，巴黎大街的租金位於世界前列，只要你知道的頂級服裝、首飾與箱包品牌，在這裡基本上都看得到。在布拉格的第一天我們已經來過，最後一天，我與妻又轉到了這裡。

當然，我們不是為了買奢侈品，而是重訪卡夫卡與傑森斯卡約會並完成《變形記》手稿的那家小咖啡館——現在是一家書店，這家書店就是巴黎大街旁邊的一條巷子裡。

但當我路過這些光彩可鑒的商店時，我發現，這裡的服務員一看我是中國人，就對我特別殷勤，有的服務員站在店外都在對我微笑，我仔細一看，裡面除了服務員，幾乎就是中國大陸的來客，縱然有少數歐美人士，也是匆匆進去接個電話之類。

有幾家我並不知道的牌子，也在巴黎大街上開分店，我順道也走進去看，發現裡面有好幾個大陸客人一邊大聲嚷嚷，一邊選購皮包、皮鞋，更有甚者買四五個皮包，提在街上招搖過市猶如送貨員。仔細一看價格，幾乎每只皮包都超過了我們這趟旅遊的總花費。

這樣不成熟的消費理念，只會給中國人在國外的形象帶來折扣，這讓我想到了皮爾森，那是一座低調奢華的城市，有作家說，中國人在世界上壓抑太久了，從來沒有這樣出頭過。我不以為然，一個國家的自信，首先是文化的自信，而不是消費的自信。我與妻匆匆進去，匆匆出來，不等服務員問我需要什麼。

我始終認為，在這樣的地方，被人殷勤對待，不算什麼光榮的事情。因為這只能意味，你無福消受除了日常生活用品之外，更為奢侈的東西。只有在聽不懂音樂會，看不懂稍微高尚一點的讀物，對歷史乃至自身近似一無所知的情況下，才會將精神寄託在所謂「國際大牌」的消費上。由此可知，這當然不能算是什麼值得吹噓的事情。

這也是我在捷克一直在思考的問題，論歷史悠久程度，捷克顯然無法與中國相比，我們享受

「萬國來朝」時，當時的捷克正被神聖羅馬帝國、奧匈帝國淪陷長達近千年。在捷克的博物館裡，能看到的東西，對於我們來說都不算太古老，我敢說，在中國，隨便一個地市州一級的博物館，拿出一個青銅器，到了捷克，就算是國之重器、鎮館之寶。

但我們現在卻在一定程度上落後了，無論是政府福利，還是公民素質，抑或是藝術、人文精神的普及程度，我們都對捷克這個小國望塵莫及，可以這樣說，二十世紀之前的中國，在國際上是有地位的，可惜那時沒有全球化、沒有大眾傳播，孔子、李白不能讓西方人也感同身受，但到了二十世紀，中國在許多方面不如捷克了，我們至今為止沒有出現卡夫卡這樣的小說巨匠、里爾克這樣的詩人、哈威爾這樣的政治家、熊彼得這樣的經濟巨擘與德沃夏克這樣的音樂大師。

而這些人，恰從捷克出發，影響到了當代人類的發展進程。

這讓我想到了我之前那本書的書名，《大國小城》。捷克是由無數個小城組成的國家，雖然看起來規模很小，但卻是一個大國，一個誕生了十幾位推動二十世紀人類發展進程思想家的大國。當人類因為第二次工業革命進入到通訊時代時，倘若一個民族不能夠影響到整個人類的進步，那麼這個民族及其國家無疑是缺席的。因此，捷克雖小，但卻在二十世紀發揮了巨大的作用，它無愧於一個大國的稱號。

我可以毫不猶豫地說，在捷克的那幾天，我對這個古老的國家，產生了強烈的感情，這種感情是一種源自於人文氣息的精神歸屬感，當然，這樣說有點拗口，也有點複雜，簡單地說：我甚至一度想過，如果有機會，願意與妻子一道，常住在這裡。

但是我知道，這種想法根本不切實際，因為今天的捷克，畢竟不是人人都可以來的桃花源，也不是當年文藝青年的天然庇護所，現在捷克是歐盟的申根國之一，算得上是世界上少數入境最嚴格的國家，當然也算得上最為法治、公民權利意識最強的國家。中國人來捷克旅遊都要辦理很麻煩的手續，更不要說隨意逗留了。

正因為來一趟捷克比去其他國家要麻煩，所以我才會捨不得回去，總覺得浸染的還不夠，總覺得這個國家還有太多的東西值得去看、去體會，對於一個國家而言，踏上它的國土是你最好的熟悉方式，但對於我而言，踏上布拉格，只是瞭解捷克的第一步。

我甚至確信，或許到我終老、死去的那一天，我對於捷克，都是一知半解，因為這個國家的深邃、神秘，早已超越了我的瞭解與想像範圍。

那麼，一個真正的捷克是什麼樣子的？一個真正意義上的布拉格，又該是什麼樣子？

捷克？

布拉格？

當然，還有克魯姆洛夫、皮爾森、卡羅維發利。

是德沃夏克吃過的烤肘子？還是斯美塔那的旋律？是馬薩里克的政治綱領？是哈威爾的《七七憲章》？是莫札特的《唐璜》？是馬克思的《資本論》手稿？是卡夫卡的奇思妙想？是伏契克的臨終遺言？還是熊彼得的「創新理論」？抑或是里爾克逛過的古董店？

我一直堅信，一座城市、一個國家，以及一個民族，其精神都是由無數肉體個人組成的。人一定是文化以及民族精神的主體。人的意念，可以改變一個民族前進的步伐，人的勇氣，可以摧毀一切有形與無形的網。就像我前面所說的那樣，在捷克民族近兩百年來那些燦若晨星的一串名單中，背後站著的每一個捷克人，都是這個民族的英雄。

想到這裡，我更睡不著了。

這時，我想到了關於這部隨筆的寫作計畫，如果只是寫一部這樣的隨筆，就能自稱算得上對捷克有所瞭解，那我一定患上了妄自菲薄的自大症。在六年前，我曾狂妄到敢去一些地方開設捷克文化的講座，而真當我踏上了捷克的土地之後，我近乎失語，我只敢以找不到答案的隨筆這一文學形式，來記錄下我些許的雜感。

在布拉格的最後一個晚上，帶著這些問題躺在床上，窗外萬籟俱寂。

清晨，我們要告別捷克了。

在每一座城市，我都會以晨跑或是清晨散步的形式，來熟悉觸摸它，到了布拉格，也不例外。記得我住在香港時，每天在中文大學的山道裡晨跑，偶然還有問路的人問我地鐵該怎麼走；去年住在台南，從林森路到台南火車站那鐵路沿線幾公里的路段，是我晨跑的必經之地；上海的巨鹿路作家協會附近，也是我在晨跑過多次的「固定跑道」，因為我特別喜歡有樹陰的小路；幾次住在廈門，我都幸運地遇到雨季，環繞著廈門大學晨跑，每當我路過魯迅的塑像前，就會對著它望一陣子，然後接著往山上跑去。

在成都、北京、長沙、廣州以及昆明，皆如此。因此，在布拉格的最後一天，決定也以這種形式，來紀念。

我們住在一座山的頂部，往下走，是一片極其開闊的草地與松樹林，妻每到一個陌生的城市，都有撿松果的習慣，正好在這裡我們能撿得到正宗的布拉格松果。於是直接走出酒店，連相機都不帶，下山散步去。

雨後初霽的下山路上，我看到不計其數的大小蝸牛，如此平衡的生態，在中國大陸很難遇到，在香港也不多見。大的蝸牛比大拇指還大，小的蝸牛猶如小指甲蓋大小，幾乎每走三五步就能碰到一兩隻，甚至比落在地上的松果還要多。我環顧周圍的環境，左邊是極其開闊的一片草地，約莫五六千平方米，更遠處是開闊的山地，也是一片鬱鬱蔥蔥，與草坪天然地連到了一起。右方是一棟紅色的小別墅，我看到一個工人正在剪草，這應該是工人居住的地方。草地與山路被薄薄的松樹林隔開，我們決定越過樹林，去草地上走走。

我不知道歐洲其他國家是怎樣的規定的，至少在捷克，但凡這樣碩大的公用草坪，絕對不會有「禁止入內」的標誌，當然，私家花園或是小範圍的苗圃是例外。因為在捷克人看來，之所以有這樣成規模的草坪，就是供行人走路、孩童學步甚至新人辦婚禮使用的，在草地的中間，還有幾張靠背椅。

我和妻坐在靠背椅上，背後是清新的松香氣息，這種奇妙的感覺很難用筆觸來形容，因為我從來沒有在一個安靜的清晨，面對這樣大的一片草坪，感受如此清新的氣息。

妻不說話，我也不說話，我們不約而同地望著遠處的山。

我們住的酒店，是捷共倒臺前的公寓樓，不知道是工廠還是兵營，都是整齊劃一的方形房子，一看就是典型的社會主義建築，當然，這樣的樓在這片區域不止我們酒店一家，我回頭細數了一下，大約有三十多棟，高矮大小不一，但樣子都千篇一律，像是一個設計師、一個施工隊在同一時期的批量產物。

但現在這些建築都發揮了新的效能，譬如一些老式的車間雖已停產，但華麗轉身為室內網球場，有些老式的公寓不是變身酒店，就是改裝為Loft寫字樓，供一些小型公司租賃使用，在我們的酒店裡，有一處小園林，一看就是當年工廠大門口的假山，這種東西在中國大陸的工廠裡幾乎隨處可見，只要工廠破產，這類園林被一致認為是難以處理的東西。但是，我們住的這家酒店卻把這處老式園林徹底翻新，保留了水法、假山，並修築了小亭子與納涼的啤酒桌，這確實讓人耳目一新。

而且，就在「紅色波西米亞時代」，如哥特瓦爾德這樣的共產黨人，在修建這些方盒子建築時，也沒有大肆摧毀、拆遷哥特式老建築——因為這樣的事情連希特勒都做不出來。當然，在紅色工業大興土木的上個世紀五六十年代，那些草坪、森林、湖泊，也都被保留的很好，據說捷克的綠地面積，自二戰到現在，年年有增加，歲歲無減少。

因此在臨告別捷克之前，我依然堅持認為，捷克人是天生的建築師、設計家與生活能手，他們能夠最有效地利用老建築，避免重複施工，這是很人性化的一點。捷克雖是重工業國家，但他們卻不想在城建上面投入太多，所以在捷克這一路我們看到的，都是「老房翻新樣」的舊物利用。

從草坪、松樹林折返回酒店，我忽然發現，酒店大門的地面馬賽克上，拼著「１９６８」的字樣，我猜想，這應不是酒店開業的時間，或許是這棟樓奠基的時間，馬賽克予以保留，可見捷克人並不迴避歷史。

我有把行李寄存在大堂的習慣，這樣不必趕時間，和臺灣、香港一樣，捷克的酒店對於顧客高度信任，沒有查房的習慣，住宿也不必支付押金，所以，提取行李也很快。其實，除了一瓶酒與沿途拿的一些資料之外，東西倒沒增加多少，因為最重要的東西，都在記憶裡了。

所以，才有了如上這樣一些文字。

經歷了十幾個小時的航班折騰，從莫斯科轉機回到國內之後，幾乎所有的朋友都知道，我的蜜月之旅，是在捷克。

「這個國家，怎麼聽起來那麼奇怪？」

「是原來那個社會主義國家捷克斯洛伐克嗎？」

「好玩嗎？是不是社會主義國家氣氛特別濃？」

「那裡的人是不是脾氣古怪？」

「這個國家有沒有什麼特別的地方？」

各種問題，紛至遝來，讓我有些疲於應對，當然，也有我自己的自問——就像這本書的開頭那樣，但對於朋友們的詢問，我只好統一回答：

「以後你們會明白，我為什麼選擇布拉格。」

雨中布拉格

二十、這些路和巷子，我們曾經走過

不知道是不是偶然，回到國內，我竟然大病一場，在北京就已經體力難支。旅行回來生病，這類情況對於我這個時常外出的行者來說，實在難以理解，也較少發生，妻認為我是旅途疲勞，而我卻認為，這是一種「消化不良」。

人在短期內吃了過多的食物，當然會難受，這種消化不良是肉體上的，而人在短期內遇到了太多的故事，想到了太多的問題，最終連自己的思緒都混亂掉，這種消化不了，是身體上的。

而我從捷克回來這場病，正是精神上的消化不良。

先前十餘年，我一直在中華文化圈內「行走」，從東北到西南，從大漠到臺灣，這種行走，始終沒有脫離「中華」這個文化圈，我所遇到的問題，都頗為熟悉，無論是漢民族聚居地，還是少數民族自治區，基本上都逃不脫唐宋元明清這麼一個框架。

而捷克，給我的感覺卻大不一樣，每日都能遇到新課題，觸發我的新思考。

在北京生病的那兩天，住在酒店裡，反反覆覆，非常難受，妻照顧我，連累她自己也沒好好休息，而我卻在構思這部散文的框架，這是我頭一次寫這麼長的散文，以往的隨筆類文字，也就三五千字，十幾萬字的系統性散文，對於我來說，是一個文體上的挑戰，畢竟在華語寫作世界裡，「長篇散文」這種寫法，也算得上個異數。

要寫這樣長的文字，勢必要思考幾個核心問題，我在酒店裡休息，恰就仔細梳理了一下該從哪幾個問題入手。當然，這一切的核心就是：從文化學的深層次來看，捷克文化與中華文明相比，它的特色究竟在哪裡？

在病榻上的兩天，正給了我這樣思考問題的時間。中國詩學有一個「起承轉合」的理論，在我看來，「起承轉合」尤其適合人文社科問題的思考。所謂「起」，是從起因的層面提出問題；「承」，就是沿襲起因，分析問題；而「轉」，則是以客觀、公允的角度，分析問題的利弊；至於「合」，就是總結問題。

因此，我也打算用「起承轉合」這樣的方法，來思考分析我上面提到的那個問題。

從起因上看，捷克文化是典型的工商業文化，而中華文明是農耕文明，在資本主義全球化的時代裡，捷克佔據了發展先機。

捷克不是一個農業國，它遍佈丘陵，既不適於放牧，也不方便種植，因此，它們的糧食也就基本上自給自足，有時候還需要從他國進口。以前與中國都屬於社會主義陣營時，捷克就曾從中國進口過糧食，但它向中國出口的，卻是一些細小的玻璃工藝品與一些輕工業產品。

從神聖羅馬帝國開始，捷克人就不重視農業，他們對於釀酒業、織造業這樣的作坊性工商業倒是十分熱衷。因此，早在一千年以前，捷克就非常重商，工業革命之後，他們憑藉自己的老底子，在醫療、機械與重工業上，都走在世界前列。雖然捷克多次被他國統治，但卻沒有因為異族統治而荒廢其工商業。所以，捷克是一個重商的國家。

而中國，恰缺乏重商的傳統，長期的封建統治，強調「重農抑商」的基本國策，這種壓制，直接成為了洋務運動、維新運動等工商業革命的精神桎梏。待到民國初肇進行「實業救國」時，中國已經錯失了最好的工商業發展機會。因此，難免在後來幾百年發展中，落在他人後面，成為了被動挨打的對象。

工業革命與全球化商業發展當然帶來了許多問題，譬如經濟學裡的「經濟人假設」、哲學裡的「藝術複製」與「技術中心主義」，政治管理學中的「理工思維」等等，都被世人所詬病。但平心而論，工商業發展所帶來的負面，只是過渡，這是人類在進化過程中必須經過的一環，是人類文明爬臺階的一個艱辛過程。

如果把問題條分縷析，我們很容易發現，捷克為什麼會在二十世紀出現那麼多的人文社科巨匠？而這些恰是同時代中國所缺少的。因此，我們必須思考，如何處理科學技術、工商業與人文社科的相互促進關係？

毫無疑問，如果捷克沒有成熟的工商業，它的人文也不會有所進展。正因捷克在工程技術、經濟生產上，曾一度在全世界名列前茅，使其在歐洲更有重要的一席之地。因此，捷克就會有充裕的社會福利與教育投入，用於服務教育與文化建設。

可以這樣說，馬薩里克執政捷克的二十年，是捷克歷史上發展的黃金二十年，而這又是先前打下的經濟、政治底子所決定的。在馬薩里克執政後，捷克斯洛伐克從奧匈帝國中獨立出來，組建為新的國家。在這二十年前後的時間裡，捷克湧現出了一大批人文社科的英才——卡夫卡、里爾克、斯美塔那、熊彼得等等，他們其中有些人接受完捷克的初等教育後，從捷克出發，踏上歐洲、美國的土地，成為了二十世紀資本主義現代文化陣營中的先驅性人物。

而中國在辛亥革命之後，卻面臨一個底子不足、內憂外患的環境。許多工業基本商品依賴於進口，高等教育經費嚴重缺乏，北洋政府組建了一批大學，也都是從之前的新式學堂中改組而來，師資實力跟不上社會發展的基本需要。雖然，在那段時間裡，中國也湧現出了康有為、梁啟超、陳獨秀、胡適這樣一批有思想的人物，但他們的影響力最多只限於中國與日本，完全無法與熊彼得、卡夫卡這樣的世界性人文巨匠相比。

這種差異，就是國家的科技與工商業的底子所決定的。在一個工業社會的時代裡，一個國家只有把工商業興起了，才有資格、有能力去搞好意識形態領域的建設，否則只能是空談。我們真正重視工商業發展，是在上個世紀中後期，而捷克重視工商業發展，卻是在十九世紀中後期——儘管那時它還為奧匈帝國所統治，我們需要補的課，已經被捷克落下了一百年。

客觀地看，正因有這樣的基礎，所以捷克能夠迅速從蘇式共產主義制度中走出，成為踐行憲政、弘揚人類普世價值的重要國家，而中國大陸在經歷了「改革開放」之後，雖然政治、經濟上有所進步，在憲政的道路上依然任重而道遠。

從捷克的歷史我們知曉，它與中國都曾為社會主義陣營裡的「盟友」，甚至在中共已然認識到蘇共的沙文主義之後，捷共還死忠於蘇共的強權模式，甘願與赫魯雪夫站在同一條船上，結果爆發了「布拉格之春」。但這並不意味著在憲政的道路上中國具備先知先覺，因為歷史造就了人文精神的失落，所以從這個層面上看，中國與捷克依然存在著較大的差距。

從奧匈帝國獨立後，捷克人並非人人抱著一顆「從淪陷區歸來」的逃亡之心。而相反的是，奧匈帝國為捷克人提供的恰是開放的政治理念，正因公民理念與民族精神被放大了，成為捷克人每個人心中的一個心結，所以馬薩里克才會一呼而百應。在馬薩里克執政之後，憲法的精神獲得了確立，憲政之路成為了捷克人在日常生活中的常態。

因此，蘇聯在統治捷克時，才會苦於「捷共中央好管理，捷克人民不好對付」。因為蘇聯這種一黨專政、中央集權式的威權政治，恰與憲法精神相違背，所以捷克人才會一次又一次地反抗、示威。這正應了索爾仁尼琴的一句話：只有從民主走來的人，才知道民主的重要。

而中國經歷了五千年的封建統治，啟蒙思想在明末雖有抬頭，但很快被強大的理學與滿清入關而壓制，經歷了清代三百餘年的專制、強權統治之後，中國一再錯失與世界對話的好機會，中國人也淪為了最好管理的「順民」。辛亥革命之後，所謂憲法、民主，對於大多數習慣於「做慣了奴隸」的中國人來說，既難以理解，也缺乏操作的經驗，而其後的抗戰、內戰、「反右」與「文化大革命」等各類戰爭與黨爭，使得民主、憲政根本無法普及。

落後的科學技術與工商業，加上深厚的封建土壤，培養出了中國人遠離現代價值、甘願走向保守的民族根性，這自然導致了中國在憲政上的其路迢迢。回到大陸之後，我曾經告訴過一位朋友：哈威爾固然偉大，但就算把哈威爾空降到中國來，也不能讓中國一夜之間走上憲政道路，我們需要理解、追求的是哈威爾這種信奉並踐行普世價值的精神。儘管憲政是中國現代化的必經之路，人權、民主與自由是全人類共同信奉的普世價值，但這些目標的實現，需要長期的時間，這既包括政治、科技與經濟的進步，也包括人文精神、公民道德的培養。

當然，我們不必因為歷史性問題而產生精神自卑，歷史造就的問題，唯有靠時間解決，因此，一代人只能面臨他自己所處的歷史背景，任何人都不能僭越自己所處的歷史時代。

在去捷克之前的那段時間裡，我一直在思考一個問題，照理說，馬薩里克已經將憲政、民主的思想播灑到了整個捷克，緣何在「二戰」之後，捷克共產黨政府還心甘情願，讓自己成為蘇聯的附庸？

我曾將這個問題與一些熱愛捷克的朋友探討，他們也都覺得奇怪，按道理說，捷克應該和法國、葡萄牙一樣，在戰後成為「北約」陣營中的一員，而不應該淪為蘇聯之手，這從政治、歷史的雙重角度看，都是一種倒退。

到了捷克，我對這個問題有了自己的答案：捷克是一個真正意義上的、微型的、公民精英社會。我不敢把這個答案直接地告訴我的幾位朋友，因為這樣一定會被罵：你這算什麼答案？

但事實真是如此。

捷克的面積狹小，工業經濟都頗為發達，自然發展的也頗為均勻，無論是皮爾森，布拉格，還是摩拉維亞，抑或是通向卡羅維法利的鄉村，還是最繁華的瓦茨拉夫廣場，每一個捷克公民所受的教育、享受的經濟與政治福利，基本上差不多。簡而言之，捷克是一個有著深厚文化傳統的精英社會。

二戰中，捷克所受的損失並不太大，所以捷克共產黨當時宣佈捷克實行社會主義道路時，大多數捷克人是從公民的角度，選擇服從政府決定的——公民的第一要務就是服從政府。因為他們誰也沒有想到，蘇聯共產黨會那樣專制、暴戾。

因為就那麼數百萬人，大都素質很高，政府在戰後一聲令下，大家也都沒有什麼想法，縱然有一些人有不同意見，可能他的聲音在那一刻也很難傳播出去。

而這種問題，在中國是無法想像的。

中國面積之遼闊，相當於整個歐洲；人數之眾多，相當於好幾個法國；沙漠、丘陵、湖泊、高原、海濱等各類地域，中國應有盡有；發展不均衡——這當然既包括政治更包括經濟、文化，更是差之千里。你說皮爾森與布拉格差距多大？我看不出來，但是我知道，嘉峪關和上海的差距，那真是天壤之別。有一些道理，你對上海人、香港人能夠講通，可你對甘肅人、貴州人，很可能就不那麼好溝通。

因此同樣有些政策在青海、寧夏很好推行，但到了上海、杭州，卻遇到了來自於各方面的阻力，雖然大家都是中國公民，但是由於地域、文化、經濟的差異與不平衡，導致了在一些問題上認識的差距，所以很多問題，並不能一概而論。

我向來沒有地域歧視，但我清醒地知道，為什麼在中國會有「上有政策，下有對策」這樣的說法，這不是一件奇怪的事情，而是一種迫於無奈的政治選擇，在許多情況下，中央政府一紙文件下來，雲南、西藏與上海、南京，不可能都一樣進度、一樣實施。所以唯有採取「死文件，活方法」的權變，才能解決問題——但這又與憲法精神相違背。

要想實施憲政之路、建設公民社會，就必須要縮小全國範圍內的地域性經濟、文化、政治與觀念的差異，有些地方欠債太多，需要抓緊補課，有些地方需要放慢發展速度，以免「過熱」，而這是一個長期、漫長甚至會反覆的過程。所以，我們根本不必為這種「落後」而精神自卑，一代人唯有不負時代的使命，才是為中國的民主化做貢獻。譬如像捷克這樣的國家，確實有許多要學習的東西，但是，我們必須要明白一個最基本的道理，中國不等於捷克，捷克也不等於中國。

去布拉格本是度蜜月，卻為這樣枯燥的宏觀意識形態問題所糾結，這看似是一件頗讓人費心思的事情。如上就是我在「蜜月期」所思考的一些線條與內容，確實有些無序與枯燥。

長期以來，我寫隨筆本身就是對於「無解題」的探索，但是我偏偏又喜歡給問題想出一個答案，所以才有了上面這些自以為是的分析。

中國人對捷克誠然太陌生了，同樣，捷克人也對中國也不熟悉。所以有時候我認為，當一些中國學者在談論這兩個國家的問題時，真的是不太瞭解捷克，或是或多或少地有意忽視了中國的一些問題。我承認，同為社會主義國家，中國人看到捷克今日躋身世界發達國家兼歐盟申根國，多少有些心不甘、情不願，像是曾經一起住弄堂裡的街坊，轉眼間人家就住進了別墅區，這種感覺好理解。

但是，我們必須明白一個最淺顯的道理，大家當年都躋身社會主義國家，並不意味著大家都是一樣的「窮朋友」。這就好比梁山上的一百單八將，有的是「英雄落難」，有的是「慕名而來」，其中既有朝廷命官出身，還有殺人犯、販夫走卒，大家聚在一起，只是一種「緣分」——套用一句政治學術語，叫「利益共同體集合」。而這並不代表大家的學問、素養與財富都是一樣多少的。且問，捷克在二戰前工業產值世界第四時，當時中國的排名是多少？當熊彼得的理論被寫進全世界教科書、卡夫卡的作品被翻譯為幾十種語言時，此刻中國的經濟學家、作家們，又在做什麼？

所以，政治制度只是一種最膚淺的意識形態，在政治制度下，是經濟作為主體的支撐，人文、科技作為兩翼的並進，三者缺一不可。如果沒有這三者作為一種最基本的支持，那麼再先進的政治制度只是一種花架子，根本不可能長久。

我蜷躺在北京的酒店裡，天馬行空，想了這麼多問題，確實有些疲倦，加上身體沒完全恢復，沉沉睡去了，夢中依稀出現的老教堂、窄街道與鑲著花籃的窗戶，竟還是布拉格的樣子。

這是我從北京出發到捷克那天開始，睡得最為踏實的一個晚上。

我希望我的這本《布拉格之夜》可以讓更多的中國大陸人、香港人與臺灣人，都可以去捷克看一看，我相信，不同地域的人，在面對同一個國家、同一段歷史時，必定會有不同的感觸與想法。

在捷克的那幾天，也偶遇到來自於臺灣、香港的旅行者，彼此交流，大家的感觸也都不一樣，但是這畢竟是極少數，總體來說，到捷克的華人，實在是太少，但捷克這個國家，又不同於一些其他的歐洲小國，它在華人文化圈尤其是中國大陸的知名度，又太大，一說昆德拉、卡夫卡，沒有誰不知道。

這種「太少」與「太大」差距，往往最容易產生誤讀，而通過文學文本來瞭解捷克，又會因虛構與個人情感而有所偏差——包括通過我這本小冊子，讀者諸君也未必真的能夠瞭解一個真正的捷克。

回國之後，我與妻看了一部紀錄片，叫《攻佔布拉格》。

講的是千禧年時，一批德國年輕人，為了抗議世界貨幣基金組織（ＩＭＦ）與世界銀行對人類環境與社會福利的破壞，他們竟簞食壺漿，騎單車跑到布拉格進行抗議，那年這兩個國際性金融機構的大會，恰在布拉格召開。

說是抗議，但也有趣。一群年輕人，一路上與員警周旋，與當地政府較勁兒，最終還是跑到布拉格的瓦茨拉夫廣場上喊了一通口號，其中有些過激的被當場塞進了警車，事後釋放出來也都還好，彷彿大夥兒在齊心協力地完成一項行為藝術。布拉格的居民本身是遊行抗議的老手，當地的員警對於抗議者也頗有辦法。

妻指著畫面，很興奮地告訴我，這些路和巷子，我們曾經走過。

我說，一個人，一定要趁自己年輕的時候來一次布拉格。

二〇一二年十二月四～六日，初、定稿於武漢

布拉格街頭紀念國際學生日的紀念碑

雄偉的國家博物館

跋

寫完這本不像隨筆也不像散文的東西時，是一個濕冷的冬天，妻在講課，我在她的辦公室裡，敲完最後一個字。

之所以命名為「札記」，是因為裡面所有的事情，都是我們倆一起經歷的，屬於完完全全的事實。札記中所寫，便是時下最流行的「非虛構」。儘管可能會與一些朋友眼中或心中的捷克有著差距。但每個人的閱歷不同，觀感也不會一樣，所以，當我面對這段歷史與這片土地時，所產生的感情、判斷也獨一無二。

藉此後記，再度感謝我的妻子張萱博士，作為這本書的見證人與第一位讀者，為這本書所繪製的扉頁素材；感謝我們尊敬的前輩王德威教授在飛往臺北的航班上，作為第二位讀者，耐心讀完了這本書的定稿；感謝學者張隆溪先生、作家蔡智恆先生與前輩詞人姚謙先生，是你們對我一直的鼓勵，讓我在隨筆創作這個副業裡可以始終謙卑但又矢志不移的前行；感謝我的導師樊星教授，容許我在完成博士論文的餘力下，讓我繼續實現作為散文作家的夢想。感謝法學家周葉中教授讀完了這本書最重要的一個章節，並為我指出行文中的不當之處，值得一提的是，正是葉中教授長期以來所堅持的「憲政中國」理想，才促使我對這些原本不屬於本學科的知識，產生了濃厚的興趣。

同時，向蔡登山先生與該書的責任編輯王奕文老師致謝，恰因你們的認真與努力，讓我的寫作變得擁有了更多的生命力。

感謝一切有機緣能夠讀到這本書的朋友，希望我這淺顯的文字，可以為你們帶來閱讀的快樂。

當然，這本書也獻給我未出世的孩子，這是一本與我夢想有關的書，希望今後他可以一直做一個不放棄夢想的人。

韓晗

二〇一二年，平安夜

釀文學140　PG0972

布拉格之夜
——一個作家的蜜月札記

作　　者　韓　晗
主　　編　蔡登山
責任編輯　王奕文
圖文排版　陳姿廷
封面原創　姜　江
封面設計　秦禎翊

出版策劃　釀出版
製作發行　秀威資訊科技股份有限公司
114 台北市內湖區瑞光路76巷65號1樓
電話：+886-2-2796-3638　傳真：+886-2-2796-1377
服務信箱：service@showwe.com.tw
http://www.showwe.com.tw
郵政劃撥　19563868　戶名：秀威資訊科技股份有限公司
展售門市　國家書店【松江門市】
104 台北市中山區松江路209號1樓
電話：+886-2-2518-0207　傳真：+886-2-2518-0778
網路訂購　秀威網路書店：http://www.bodbooks.com.tw
國家網路書店：http://www.govbooks.com.tw
法律顧問　毛國樑　律師
總 經 銷　創智文化有限公司
236 新北市土城區忠承路89號6樓
電話：+886-2-2268-3489　傳真：+886-2-2269-6560
博訊書網：http://www.booknews.com.tw

出版日期　2013年4月　BOD一版
定　　價　320元

國家圖書館出版品預行編目

布拉格之夜：一個作家的蜜月札記 / 韓晗著. -- 初版. --
臺北市：釀出版, 2013.04
面； 公分
ISBN 978-986-5871-39-0 (平裝)

855 102006183

讀者回函卡

感謝您購買本書，為提升服務品質，請填妥以下資料，將讀者回函卡直接寄回或傳真本公司，收到您的寶貴意見後，我們會收藏記錄及檢討，謝謝！如您需要了解本公司最新出版書目、購書優惠或企劃活動，歡迎您上網查詢或下載相關資料：http:// www.showwe.com.tw

您購買的書名：____________________

出生日期：________年________月________日

學歷：□高中（含）以下　□大專　□研究所（含）以上

職業：□製造業　□金融業　□資訊業　□軍警　□傳播業　□自由業

□服務業　□公務員　□教職　□學生　□家管　□其它_____

購書地點：□網路書店　□實體書店　□書展　□郵購　□贈閱　□其他

您從何得知本書的消息？

□網路書店　□實體書店　□網路搜尋　□電子報　□書訊　□雜誌

□傳播媒體　□親友推薦　□網站推薦　□部落格　□其他__________

您對本書的評價：（請填代號　1.非常滿意　2.滿意　3.尚可　4.再改進）

封面設計____　版面編排____　內容____　文／譯筆____　價格____

讀完書後您覺得：

□很有收穫　□有收穫　□收穫不多　□沒收穫

對我們的建議：____________________

____

____

____

請貼
郵票

11466
台北市內湖區瑞光路 76 巷 65 號 1 樓
秀威資訊科技股份有限公司 收
BOD 數位出版事業部

（請沿線對折寄回，謝謝！）

姓　名：________________　年齡：________　性別：□女　□男

郵遞區號：□□□□□

地　址：________________________________

聯絡電話：(日)________________ (夜)________________

E-mail：________________________________